官能アンソロジー

秘《ひ》戯《ぎ》

館　淳一
牧村　僚
長谷一樹
北山悦史
北原双治
東山　都
子母澤類
みなみまき
内藤みか
北沢拓也

祥伝社文庫

目次

見られたがり

館 淳一

著者・館《たて》 淳一《じゅんいち》

一九四三年、北海道生まれ。日大芸術学部を卒業後、芸能記者などを経て一九七五年にハードバイオレンス小説『凶獣は闇を撃つ』でデビュー。大胆な描写と、男女の機微《きび》を描きこんだ筆致で読者を摑《つか》み、旺盛な執筆を続ける。『継母と美姉弟　監禁飼育』など著書多数。

1

彰《あきら》はしばらくいくつかのホームページを見てまわったあと、その中のひとつ、『見て見てNAOのオナニー』に戻った。

これまで見てきた中で、このNAOという若い娘が一番、彼の嗜好《しこう》にぴったりのタイプだったからだ。

瑞々《みずみず》しい肌の具合からみて二十歳前後だろう。顔立ちはハッキリしない。長い髪を顔面に垂《た》らしたり、顔をカメラからそむけたり、あるいは巧《たく》みにトリミングされているからだ。いわゆる「顔バレ」を防ぐためだが、それでもこの娘からは、知的で聡明な印象が強く感じられる。本人が記《しる》すプロフィールを信用すれば女子大生だそうだが、たぶん真面目《まじめ》で成績優秀の部類ではないだろうか。

そんな娘が、自分のホームページの中で、自慰行為に耽溺《たんでき》するあられもない姿をさらけ出している。彰は女たちのそういう落差を見るのが好きだった。落差の少ない女はインタビューしてもセックスしてもつまらない。

（この子ならなにか物語がありそうだ。では、声をかけてみるか……）

《ご感想、ご要望はこちら》と記されたボタンをクリックした。モニター画面に、ホームページ主催者に宛《あ》ててEメールを送るフォームのページが開いた。

彰は少し考えてから、NAOなる女性へ送る文章をキーボードから入力していった。

《はじめまして。堂島《どうじま》彰といいます。職業はフリーライターで、主に男性雑誌にインターネットのアダルト情報を紹介しているものです。詳しい正体はぼくのホームページのURLを記しておきますので、そちらで見ていただければお分かりになると思います。これまで取材した、ウェブ上で出会ったいろいろな女性とのインタビューと画像を載《の》せていますす。NAOさんのホームページを拝見していたく感動しましたので、ぜひ雑誌に紹介させていただきたく、またNAOさんにもインタビューさせていただきたく、メールしました。雑誌媒体としては、男性月刊誌『ワイルドメン』に連載しているぼくのコラム『今月のウェブな女たち』を考えています（これまでの記事も、ぼくのホームページ上で閲覧できます）。顔出しの可否はNAOさんのご希望に沿います。もちろん掲載される情報に関してはプライバシーが漏洩《ろうえい》しないよう厳重に注意するとともに、画像、記事とも事前チェックをしていただいており、これまで一度もトラブルが起きたことはありません。一度、ぼくのホームページをご覧になられたうえで、ご検討いただき、お返事をいただけたら幸いです。

堂島彰》

2

奈緒《なお》が学ぶ女子大では、全学生がパソコンかインターネット機能を有するワープロ機を持っている。

学校の行事、授業、ゼミなどに関するすべての連絡はインターネットを通じてなされ、提出するレポートや論文は原則としてデジタルテキストのまま電子メールで提出するよう推奨されている。

朝起きてからパソコンを立ち上げ、ホームページで休講の有無、教授や講師たちからの連絡事項を確認し、級友たちからのメールをチェックするのが学生たちの日課になっている。

その朝、奈緒は温めたミルクコーヒーを啜《すす》り、カリカリに焼いたトーストを齧《かじ》りながらノートパソコンを操作した。

まずブラウザソフトを開き大学のホームページにアクセスし、ずらりと掲示された項目のなかから自分の授業に関係した連絡がないかをチェックする。今日は休講もなく、行事らしい行事もない。

次にメールソフトを起動した。受信箱には新しいメールが二通届いている。一通の差出し人は「GP」。

(あら、グランパからだ……)

そのファイルをクリックしてモニター上に表示させた。

《ナオへ。明日、急用で上京する。たぶん八時ごろにはそちらに着けるだろう。一泊だけだがよろしく頼む。GP》

タイムスタンプを確認すると、昨夜のうちに発信されている。つまり今日、やって来るということだ。グランパはこのところ上京の機会がなく、一カ月ほど顔を見ていない。

「はいはい、けっこうですよ。久しぶりだからいっぱいサービスしてあげます」

笑顔になって液晶モニターに声をかけ、そのメールは削除した。グランパからのメールはハードディスクに残さない約束だ。

次のメールは、差出し人が「堂島彰」。名前に心あたりはなかった。

(たぶん感想メールね)

ホームページで彼女のオナニー画像を見た男たちは、その感想をメールに書いて送ってくる。おとなしい内容のもあれば過激な内容のもある。自分のあられもない姿態を見た未知の男たちの感想を読むこともまた、奈緒にとってひとつの楽しみだ。

クリックして液晶モニター上で開封する。やはりホームページを見た男からのものだった。しかしそれは、これまでの感想メールとはかなり違っていた。

《はじめまして。堂島彰といいます。職業はフリーライターで、主に男性雑誌にインターネットのアダルト情報を紹介しているものです。……》

トーストを齧っていた口の動きが思わず止まって、ポカンと開けっぱなしになった。

「えーっ、なに、これ？」

慎重に何度も読み返してから、半信半疑で堂島なる男が記したホームページの、URLと呼ばれる文字列をクリックした。ブラウザソフトが自動的に起動し、堂島が主催しているホームページにアクセスする。モニター上に開いたのは黒い背景に『電脳ハンター館――エロライター堂島彰のホームページ』と記されていた。

「へえー、こんな人がいるの……」

奈緒は男性雑誌など読まない。だからエロライターと名乗るような人間がいるとは知らなかった。

彼のプロフィールのページには顔写真も載せられていた。三十五、六と思われる、ちょっと愛嬌《あいきょう》のある口髭《くちひげ》をはやした男が、まるい目をいっぱいに開いておどけている。愛嬌のある表情で、思わずプッと吹き出してしまった。警戒心はとたんに薄れた。

ざっと目を通して、彼の仕事の概要が分かった。自分で言うとおり、インターネットの中で個人的な欲望を満たしている女たちに狙《ねら》いをつけ、実際に彼女たちに会い、赤裸々《せきらら》な姿と肉声を取材してレポートする仕事を続けている。「赤裸々な姿」というのは誇張ではない。

最初は服を着てインタビューに応じている女たちは、最後は全裸で大股びらきの姿勢をとり、秘めるべきすべてをさらけ出している。そのうち半数以上は彼を相手にフェラチオをしたり、中には、ハメ撮りといって実際に性交している姿を鏡に反射させたりリモコンシャッターを使ったりして撮影されているものもある。当然、堂島も全裸だったりパンツ一枚だったりして「体当たり取材」という言葉に嘘《うそ》はない。

ホームページを見終わったとき、奈緒の乳首はブラのカップの内側で堅くしこり、パンティの股間には熱い湿り気が感じられた。ついモジモジ腰を動かしている。ふだんならそのままオナニーに耽《ふけ》るところだが、残念なことに今朝は時間がない。ともあれ、このメールにどう対処したものか、奈緒は首を傾《かし》げて考えこんだ。

(こういう体当たり人間が来るとは思わなかった。ふーむ、やっぱりグランパに相談するべきよね……)

あまり時間がなかったが、奈緒はすばやく送信簿を開き、グランパ宛のメールを書いた。

《グランパ。上京の件、了解しました。それから今朝、堂島彰というフリーライターから私に会って取材したいというメールがきました。どうしたものでしょうか。添付しておきますのでお読みください。ご返事はいらした時に。では今晩、楽しみにお待ちしております。ＮＡＯ》

堂島のメールを添付ファイルとして指定してから送信ボタンを押し、送信されたことを確認するとノートパソコンを閉じた。

3

グランパはその夜の八時少し過ぎ、奈緒のマンションにやってきた。

通学の便を考え、キャンパスのある夢見山《ゆめみやま》市に借りたマンションは2ＬＤＫだが、リビングが広々としてベランダからの眺めもよい十二階建ての最上階、角部屋である。それだけの部屋を借りられるのもグランパが、自分が上京したとき、泊まれるようにという理由からだ。

家賃はグランパの経営する会社から家主に振り込まれている。つまりこの部屋はグランパの会社の東京事務所というような形になっているらしい。もちろん、そのことを知っているのは経理の事務員ひとりだけ。

「いらっしゃい」

奈緒は薄い生地の淡いピンク色の、裾《すそ》の短いネグリジェをまとって出迎えた。

今どきの娘でベビードールと呼ばれるこんな寝衣など着るものは少ないが、グランパはこの格好が好きなのだ。それも乳首やパンティが透《す》けて見えるような薄いのを。

その下に穿《は》いたパンティは、黒々とした秘毛が透けて見える、肌にぴったり密着するもの。これがまたグランパの欲望をそそる。奈緒は、ひと晩ぐらいそういう下着を着けることになんら抵抗は感じない。娼婦に変身したような気がして、けっこう自分でも愉《たの》しんでいるのだ。

いまの奈緒にとって男はグランパしかいない。グランパが喜ぶことであれば、どんな格好でも厭《いと》うものではない。

「いや、急に決まったことでな、もっと早く連絡すればよかったのだが」

グランパはいつものようにブンブン唸《うな》るような活気をふりまきながら入ってきた。

二十歳の若い娘が、ピンクサロンのホステスのようなセクシィな衣装で出迎えてくれる――それがこの中年男には嬉《うれ》しいらしい。

グランパはトレンチコートにダブルの渋いスーツという格好だった。年齢は五十歳ちょうど。体格はずんぐりとしてやや肥満体。容貌は性格俳優のジャック・ニコルソンをもう少し温和に、髪の毛の量を少し多くしたような感じである。

グランパは奈緒の生まれ育った都市、F県のときわ市で酒類の量販店を経営している。入り婿に入った先が町の小さな酒屋だったのを、持ち前の商才で規模を拡大し、今では郊外に三つの店舗をもち、直営のレストランまで開店させた。この不況だというのにけっこうな利益をあげているらしい。

仕事の関係で月に二度ぐらい上京することが多く、以前は常宿としてシティ・ホテルに泊まっていたが、奈緒が夢見山の女子大に進学すると決まると、さっそくこのマンションを借りてやって、以後、上京した時はここに泊まることにしている。

グランパは寝室の隣りの部屋――そこには彼の衣装タンスがある――であわただしく服を脱ぎ散らかし、バスルームへと向かった。やがて、「おおい、奈緒、おいで」と声がかかる。グランパの替えの下着と浴衣《ゆかた》を用意してから奈緒は脱衣所でネグリジェとパンティを脱ぎ、全裸になってバスルームに入った。

このマンションのバスルームは、窓がありタイル張りで浴槽も洗い場も広い。よく単身者用ワンルームマンションにあるような、トイレと一体になった無味乾燥な量産型ではない。グランパがこのマンションを選んだ理由の一つは浴室の居心地よさだ。洗い場は男女が戯《たわむ》れるに充分な余裕がある。

全裸のグランパは洗い場に仁王立ちになっていて、奈緒はスポンジに液体ソープの泡をたて、中年男のやや肥満気味の、かなり体毛の濃い肉体を洗う。最初は背中、臀《でん》部《ぶ》。次に前に回り膝《ひざ》をつくようにして腹部、股間、腿《もも》から足の先までを洗う。

グランパは以前はソープランドの愛好家だったようで、男の体を女がどのように洗うか、そのテクニックを奈緒に教えこんでくれた。だから彼の欲望器官とその周辺を洗う時は、同時に性感を刺激するようなテクニックも駆使する。泡まみれの器官が彼女の手指によってむくむくと膨張し、赤黒く充血した亀頭を四十五度の角度にもたげてゆくのを見るのは奈緒にとっても楽しい瞬間だ。

ごく自然に奈緒はきれいに洗い磨かれた赤銅《しやくどう》色の肉根に顔を寄せ、舌と唇で軽く触れるような刺激を与えてから大きく口を開いた。

すっぽりと咥《くわ》えこんでから、子供がアイスキャンデーをほお張るような無邪気な動作でグランパの欲望器官をしゃぶりたてた。

「ふむ、そうだ、よし……」

口と舌でいかに男を歓《よろこ》ばせるか、そのテクニックを奈緒にみっちり教えこんだ中年男は、彼女の奉仕作業を点検するかのように見下ろしながら、仁王立ちの姿勢を崩さない。

「うむ、まずまず上達したな。前より歯をたてることが少ない」

再び湯で器官を洗い清められながらグランパは批評し、浴室を出た。

浴室の始末を終えた奈緒がリビングに戻ると、グランパは浴衣姿でカーペットにじかに置いた低いテーブルに向かい、どっかとあぐらをかいて冷えたビールを飲み、出前の特上鮨を口に運んでいた。

ネグリジェ姿の奈緒はグランパに寄り添う姿勢でビールを注ぎ、用意したつまみを取り分けたりして奉仕する。薄物をまとわせた若い娘にそうやってかしずかれるのが、初老の域に達した中年男には嬉しい時間なのだ。

「昔は王侯貴族とまでゆかなくても、ちょっとした金持ちは妻の他に若い妾《めかけ》をおいて、本宅に帰るまえに妾の家で風呂を浴び、食事をし、寛《くつろ》いでから帰ったものだ。今はとてもそんな贅沢《ぜいたく》はできない。こうやって奈緒をはべらせられるおれは、幸せ者だ」

そう言いながら旺盛な食欲を見せて食事をし、その合間に薄物の上から奈緒の肌を撫《な》で回し、肉の隆起した部分を揉《も》む。

「ところで、メールに書いた取材の件ですけれど……」

ビールからウイスキーに切り替え、さらに寛いだ姿勢になったグランパに、奈緒は切り出した。

「おお、そうだ。堂島彰という男だったな。ホームページも読んだし、来る電車の中で雑誌を何冊か買って読んだ。なかなかの売れっ子だぞ、体当たり取材というのが彼のウリらしいな。うん、実際、なかなか気合いが入ってる。そもそも女が好きなんだな。おれの若いときに似ている。根性はありそうだ」

グランパはこの男が気にいってるのだと奈緒には分かった。

「受ける、受けないは奈緒の考えかた次第だが、こういう雑誌に紹介されればアクセス数は確実に上がる。大勢に見られたほうが必ずしもいいとは言えないが、奈緒のことをもっと知ってもらいたいなら雑誌メディアに紹介されるのは悪いことではない」

「でも、ハメ撮りっていうんですか？　そういうのを要求するのかしら」

グランパは酔いが回って赤らんだ顔の顎《あご》を撫でるようにした。

「そりゃ当然、要求するだろうな」

「そんな……」

「取材を受けるならトコトンさらけ出したほうがいい。おれは奈緒が誰とセックスしようと惚《ほ》れようとかまわないと言ってるだろう？　この堂島とハメ撮りしたって、なんとも思わん。こいつは商売だから女を歓ばせるテクニックはおれ以上だろう。いい経験になると思うぞ」

グランパは女に関して独占欲は極端に希薄だ。自分以外の男とセックスさせたがるところがある。奈緒は露出願望は強いが、特に男を漁《あさ》るという趣味はなく、高校時代に初体験したボーイフレンド以外、体を与えた男といえばグランパしかいない。それは貞操観念とはまた別の意識なのだけれども、この中年男はそれが不満のようだ。

「じゃ、ともかく会ってみるだけ会ってみます。どこまで要求されるのか訊《き》いて、やれないようなら断ります」

「ふふ、会えばまあ、こいつの言いなりになるだろうな。おまえはそういう体になっている」

ふいにグランパは奈緒を抱きしめて押し倒してきた。カーペットの上に仰向《あおむ》けにされた奈緒はネグリジェの前をはだけられ、あらわにされた乳房を揉みしだかれ、乳首を吸われた。さっきから触られて刺激されていた女体の肉奥で欲望の炎はたちまち燃え上がった。

4

メールを送って二日後、NAOからの返信が彰の受信ボックスに届いた。

《堂島彰さま。メール拝見いたしました。最初は「どうしましょう」と迷いましたが、そもそもああいうホームページを開いたこと自体、大勢の男性の目に触れてもらいたいという願望からですので、取材をお断りする理由はあまりありませんね。私の身許がバレるようなことが無いよう配慮していただけるのなら、お目にかかりたいと思います。私は学生で夢見山に住んでいます。わがままなようですが、できればこちらまでご足労ねがえれば私としては一番お受けしやすいのですが、いかがでしょうか？　ＮＡＯ》

パソコンのモニター上で返事を読みながら彰は満足気に頷《うなず》いた。

（自分の本拠に来てくれというのか。やたら積極的だな。まあ、そのほうがこっちも都合がいい）

しかし便利な時代になったものだ。今では自分のことを洗いざらい（都合の悪い部分はやはり隠すものの）ホームページに書いておき、アポとりのメールを送るときにＵＲＬを教えておけばいい。それを見れば彼がどんな人間で、取材されたらどんな記事になるか、すぐ分かってもらえる。口で説明するより早く、しかも確実だ。

見た結果、イヤだという女性も当然いるが、それは少ない。たいていはよけい好奇心をつのらせ、取材に応じてくれる。

このＮＡＯという娘も、すでに自分がハメ撮りされる対象だということを知って、その上でOKしてくれた。ホームページは今や、インターネットで取材する人間にとって名刺以上に自分をアピールする武器だ。

彰とNAOの間に、さらに二度ほどメールのやりとりがあって、取材の日時が決まった。彼女は彰をすっかり信用しているようで、自分のマンションの部屋番号から電話の番号まで教えてくれた。直接、部屋に来てくれというのだ。

翌週の火曜日、彰は取材道具の一式が詰まったショルダーバッグを抱え、電車に一時間ほど揺られて夢見山へと向かった。バッグの中には、デジタルカメラとふつうの一眼レフカメラ、三脚、テープレコーダー、それにノートパソコンが入っている。ノートパソコンは撮影した画像をその場で確認するためのものだ。もちろん携帯電話は欠かせない。

あと、コンドームやラブローション、大小のバイブレーターなどはハメ撮りに必携のグッズだ。付属のACアダプターや交換用電池、フィルムなどを詰めこむとバッグはずっしりと重い。

教えられたマンションに到着したのは、午後の遅い時間だった。NAOが大学から帰って準備を整えているはずだ。

十二階建ての最上階にエレベータで上がりながら、彰は少しばかり驚いていた。

（けっこういいマンションじゃないか……）

メールでは地方出身だと言っていた。よほど親が金持ちで高額の仕送りを受けているとしか思えない。彼女のホームページでは、いわゆるパンツ売りもハードコア画像の販売もやっていないから、そちらからの収入はゼロのはずだ。

角部屋のNAOの部屋に着き、表札を見た。「御厨《みくりや》」と記されている。これが彼女の姓なのだろうか。ドアチャイムを鳴らすと、すぐに内側からドアが開かれた。

「いらっしゃいませ」

丁寧な言葉で出迎えてくれた娘は、彰が想像したとおり、聡明そうな顔立ちの美しい娘だった。丸い瞳《ひとみ》がキラキラ輝いて、それは好奇心の強さを思わせた。今は薄いガウンをまとっている。シャワーを浴《あ》びてから軽く化粧をすませたのだろう。髪や体からいい匂いが立ちのぼっている。

「初めまして、堂島です」

「NAOです。表札に書かれていたからもうお分かりでしょう。御厨奈緒というのが私の名前です」

女子大生は取材に来た年上の男を、なんの警戒する態度も見せずにリビングルームに案内した。ほどよく整頓された室内を見回し、彰は頷いた。

「確かにこの部屋ですね、あなたのホームページの画像で背景になっているのは」

『見て見てNAOのオナニー』のページで、彼女は自分の部屋のあらゆる場所でオナニーを繰り広げている。ベッドの上はもちろんのこと、居間でもキッチンでも廊下でも洗面所でも浴室でも玄関でも、はては夜中のベランダでも。

「気分を変えてみたくて、いろんな場所でやってみるんです。お部屋の中で、もうやらない場所はありませんね」

奈緒は笑いながら、彰をソファに座らせた。彰はさりげなく室内を観察した。応接セットに限らず、カーペットやキャビネットなど室内の家具調度はみな上等なものだ。これまで女子大生の部屋は何度も訪れたが、こういう金がかかった部屋は無かった。彼女たちは金があれば内装以外の別のことに使う。

キャビネットに入っているウイスキーやブランデーも高価な輸入ブランドだ。若い娘がこういったものを飲むだろうか？

「重い荷物を持って汗をかいてません？　ビールでも飲みますか？」

彰は喜んでビールをもらい、渇《かわ》いた喉《のど》に流しこんだ。こういう場合、雰囲気を作るためには堅苦しく固辞しないほうがいい。勧《すす》められたものはなんでも受けるのが取材者としての彰の方針だ。

ひと息ついてから、彰はバッグからデジカメとテープレコーダーを取り出した。デジカメのバッテリーをチェックしながら訊く。

「じゃあ、インタビューをさせてください。しながらスナップ的に撮影します。その下はどういう衣装ですか？」

「こういうのです」

立ち上がって床にガウンを落とした。すんなりした白い肉体を包んでいたのは黒いランジェリーだった。すなわち4分の3カップの黒いブラ、豊かに盛り上がる恥丘を覆《おお》い、臀裂に食い込む黒いTバックショーツ、心地よくくびれたウエストに巻きつく黒いガーターベルト、そして大理石のように艶《つや》やかな腿の半ばまでを包む黒いナイロンのガーターストッキング。

「嬉しいな。約束どおりの格好だ」

彰は大げさに喜んで、さっそくデジカメを構えて二、三カットを撮影した。このデジカメは非常に感度がいいので、スナップショットだとフラッシュは必要がない。また、そのほうが自然な姿態をとらえられる。

「気にいってくれて嬉しい」

奈緒は嬉しそうに笑った。白い歯が輝き、まさに大輪の花がこぼれるような笑みだ。彰はクラクラするほどこの娘に魅せられた。こんな子に会ったのは初めてだ。

5

低いテーブルを挟んで下着姿の奈緒をひじ掛け椅子《いす》に座らせ、彰はなるべく低い位置にカメラを構えて撮影した。会話はすべて録音しているからメモをとる必要はない。

「プロフィールに書いた部分で訂正したり追加したりすることは？」

「年齢もサイズも本当です。職業は女子大生という部分も。ほら」

学生証と定期の入った財布を見せた。学校名を見て彰は目を丸くした。

「へえ、ミッション系の名門じゃないの」

「私の育ったときわ市に系列の女子高があるから、ストレートに上がっただけです」

「すると中学校からずっと？」

「そうです。女の子ばっかり。男の子とのつきあいはすごく少ないんですよ。オナニーに走る理由が分かるでしょう」

微笑を絶やさず軽口も叩《たた》く。すっかり彰に気を許し、取材され撮影される状況を楽しんでいる。理想的な進行だ。パンティを穿いたままではあるが大股びらきの大胆なポーズも嫌がるふうはない。

「あのホームページを作った動機は？」

「やっぱり見られたがりなんでしょうね。というのは……」

——奈緒がオナニーを覚えたのは、小学校三年生の時だ。早熟な子にこっそりと「こうすると気持ちがいい」と教えられ、触《さわ》っているうちに快感を覚えるようになった。オナニーと露出の快感とが組み合わさって習慣になったのは中学生の時の事件がきっかけだ。

奈緒の父親は板前だったそうだが、彼女がもの心つく前に病死し、母親はしばらく再婚せず、クラブホステスをしながら奈緒を育てた。なじみの客で、妻と死別した御厨智之《ともゆき》という男と再婚したのが、奈緒が小学校六年生の時。

御厨という男は実業家で裕福だったから、奈緒は広い家に引っ越し、中学は市内でも名門のミッションスクールに入ることが出来た。

ある夜、母親が身内の不幸で留守にした夜のこと、奈緒は自分の部屋でオナニーをしていた。

ベッドの上で布団《ふとん》をはねのけ、パジャマの上着は前をはだけ、ズボンは脱いでパンティが片方の足首のところにひっかかっているというあられもない姿で、のぼりつめる寸前で手をとめ、快感の波がひいてからまた指を動かす、という行為を、足もとのほうに立てかけておいた鏡に映しながら楽しんでいた。

　するといきなりドアを開けて義父の智之が入ってきた。彼はトイレの帰りで、継娘の部屋から呻《うめ》き声が聞こえるので不審に思ったのだという。

　恥ずかしい姿を見られて動転した少女がシーツをかぶって泣きだしてしまうと、智之は双方にとってきわめてバツの悪い状況を修復するため、奇想天外な方法を考えだした。

「恥ずかしがることはない。オナニーなんて誰でもやってることだ。おれは幼稚園の頃からやってる。今だってママがいなくてモヤモヤしてるからオナニーしようかと思っていたところだ。ちょうどいい。男のオナニーも見ておけば勉強になる」

　智之は当時四十三、四の男ざかり。妻とは毎夜のように交わっていたという精力の持ち主だった。シーツをかぶっている奈緒の前であぐらをかき、浴衣の寝間着をはだけ、下着の内側から赤黒い巨根をとりだしてしごき始めた。それはみるみる倍の大きさにも膨《ふく》らみ、見事なマツタケの形になって屹立《きつりつ》した。

　シーツはわずかだが透けて見える。その光景を見せつけられて奈緒は驚異の念に打たれて恥ずかしさやバツの悪さを忘れた。

　継娘が魅せられたと知るや、智之は少女の手をとって自分の欲望器官を握らせ、その熱さと硬さ、脈動する逞《たくま》しさを実感させた。

言葉巧みに義理の娘をそそのかし、智之は奈緒の見ている前で射精してみせた。性教育の時間に知識として教えられてはいたが、実際に見るのも触れるのも初めてだった奈緒は嫌悪など少しも感じず、精液を吐き出す男根を見たときは頭がぼーッとするような快感を味わった。

「これはママには内緒だよ」

智之が出ていったあとで、奈緒は今見た光景を思い浮かべ、それが自分の性器に挿入されることを想像しながら激しいオナニーに耽ったことだった——。

「それ以来、グラ……、パパに見られていると思いながらオナニーするのが癖になってしまったの」

「それはすごい話だね。で、義理のお父さんとの関係は、それからどうなったの?」

「まあ……、ママも一緒の屋根の下にいるんだから、それ以上はね。お互い知らんぷりして、それっきりです」

「惜しいなあ」

思わず彰が口走った言葉はホンネである。やはり読者を驚かせるような、何か衝撃的な題材が欲しい。今の話でも充分に衝撃的だがやはり義理の父と性愛を楽しむ娘——とタイトルに打ちたいところだ。

「でも、やってしまえば、それって近親相姦ですからね」

「義理の父娘関係だからね、いいんじゃないかな」

「そんなものかしら」

大股びらきにした黒いパンティの股布にシミが浮き出して、楕円形に広がってゆく。話しながら、撮影されながら、この娘は発情している。

「大学に入ったら、学生は全員パソコンを持たなきゃいけない、ってことになって、それでインターネットを始めるようになったんです。で、いろいろなホームページを見てるうちに、私みたいな露出癖のある女のひとが、たくさんホームページを開いて、自分のヌードとか見せてるじゃないですか。『これだ！』って思いました。街で裸になって歩いたら危険だけど、インターネットなら何しても安全だし、顔バレさえ気をつければ誰にも分かりませんから」

「今度はパンティの内側に手を入れてくれる？　そう、少しのけぞるようにして。あ、今のいい表情。くーッ、たまらん」

愛液のシミがどんどん広がってゆく股布にレンズを近づけてゆくと、健康な牝《めす》の魅惑的な乳酪臭がプンと匂った。

「じゃあ、パンティをおろしてくれる？　一気じゃなくて毛が見えるところまで……。あー、きれいなヘアーだね。うわ、すごい濡《ぬ》れてるじゃないの。うーん、これは美しい」

感嘆して誉《ほ》め言葉を浴びせればどんな女でも嬉しくなる。もっと男を感激させ誉めてもらいたくて、女はどんどん過激な要求に応じてくれる。最初は「下着は脱がない。ハメ撮りなんてもってのほか」という条件をつける女たちでも、ここまでくればほとんど言うなりになる。

奈緒も初めて会った男なのに、自分の濡れている性愛器官をクローズアップで撮影させて激しく昂り、理性のブレーキは完全に外れかけている。

「オナニーはもっぱら指でやるんだね。バイブとかあまり使って見せてないけど」

縮れの少ない、ふつうの状態でも濡れているように艶やかな秘毛をかき分けてピンク色した小粒な肉の珠を指の腹でこすりたてている奈緒は、そう問われて、喘《あえ》ぎを交えて答えた。

「ええ、中に入れるのはあんまり好きじゃなくて、もっぱらクリトリスだけですね。でもセックスで入れてもらうのは好きなんですよ。ちゃんと中でもイキます。オナニーだけはダメなんですね。あ、あう、うッ……」

ホームページに掲載するオナニー画像は自分のデジタルカメラをテレビにつなぎ、一種のビデオカメラにして映像を見ながら、要所要所でリモコンシャッターを使い撮影するという。

「リモコンが写るとシラケちゃうから、足の指で押したり、見えないように苦労します。あ、ううう……」

「これまで一番、昂奮したのはどういうオナニー？」

「ベランダでやった時ですね。隣りのベランダと簡単に仕切られただけなんです。住んでるのは夫婦なんですけど、もし気配で気づいて起きてこられたらどうしようかと思いながら……。スリル満点で、結局、大きな声出したみたいだけど、気づかれなかったようです。う、あううう……」

「そんなふうだとエスカレートして、そのうちマンションの廊下でやるとか、外へ出かけてやり出すんじゃない？　期待してるんだけど……」

「野外は怖《こわ》くて……。でも、屋上だったら陰になるところがあるので、やってみようかなと思います」

「どれ、パンティは全部脱いで、床の上によつんばいになって。そう。そのうち、このポーズが一番、気にいってると言ったね」

「はい。これだと、前も後ろも、恥ずかしいところがまる見えなわけでしょう？」

「なるほど、まる見えだ。絶景だ」

「ああ、言わないで、恥ずかしいッ」

呻くような声で哀願しながら、それでいて白く輝く臀丘をうねるようにくねらせ、犬のように這《は》った姿勢の女は前に回した指を盛大に動かす。ぴちゃぴちゃと指が濡れた粘膜をこねまわす音が実にいやらしい。

「じゃあ、前をいじりながら後ろに手を回してお尻の穴を広げてみせて。そう、その調子。おお、いいぞ。ホームページでこれが見られない連中はかわいそうだな。うーん」

「ああ、あう、もう……ダメ」

「じゃあ、一度イッてごらん」

促《うなが》すとすぐに、奈緒の体がグンとそり返りストッキングに包まれたすんなりした脚の先までビビッと痙攣《けいれん》が走った。

「あうう、うーん……、おおううう!」

まるで致命的な傷でも負ったもののように断末魔のような唸り声、叫び声をはりあげて奈緒は歓喜の絶頂に達した。

6

「いやあ、すごいオナニーショーが撮れた」

ぐったりと伸びてしまった奈緒を抱きあげると、ベッドのある寝室に運びこんだ。

彼女はハメ撮りを予期していたようでセミダブルのベッドもきちんとメイクされている。かけ布団をのけて白いシーツの上に黒いランジェリー——ブラとガーターベルトとガーターストッキング——を身につけた女子大生を仰臥《ぎようが》させた。

「さあ、ハメ撮りだよ。まずはぼくのこれをフェラしてもらおうかな」

彰はすばやく全裸になり、デジカメを手にして奈緒の体の上に跨《また》がる姿勢をとった。デジカメの液晶ファインダーに、余韻さめやらぬ奈緒の顔が大写しになる。

「えーッ、やっぱりやるんですかぁ」

恥じらう表情を見せたが、ブリーフの下で膨らみきって彼を苦しめていた器官が、今は天を睨《にら》むようにしてそそり立っているのを見て、喜悦の色を満面にひろげた。

「うわー、すごい。こんなに怒ってる」

目を輝かせて上半身を起こし、いとおしげに彼の怒張器官を両手で触れ、捧げもつようにし、骨董品でもあるかのように撫で回した。たちまちのうちに透明なカウパー腺液がトロトロと溢《あふ》れ出てきて先端から糸をひくようにして滴《したた》り落ちる。

「きれいなんですよね、これ。キラキラして……。舐《な》めるとちょっぴり塩からいけど」

舌でつるりと液をすくい舐めてから、そのままかわいい口を開けてパクリと先端部を咥えこんだ。

(おッ、やるじゃないか)

彰は驚いた。この娘は男性との体験は少なく、今は恋人もボーイフレンドもいないという話だった。それにしてはねっとりとからみつくような舌使い、しかも舌の裏側まで駆使するテクニックは絶妙なものだ。

(このテク、どこで覚えたんだ?)

中には生まれながらにフェラチオがうまい子もいる。だが奈緒のは、誰かに教えこまれたような気がする。

自分の男根を咥えこみ、しゃぶりたてる女子大生の顔をデジカメで写す作業を、彰は続行していった。ほぼ満足できるショットが撮れたところで、彼女の口から唾液《だえき》まみれになった肉のピストンを引き抜いた。

「よし、じゃあハメ撮りだ」

用意したコンドームを自分で装着しようとすると、奈緒が押しとどめた。

「あの……、中出ししないでくれたらナマでもいいです」

「えッ、いいの。それじゃお願いしよう」

喜んで彰は、仰向けに寝かせた奈緒の両足を大きく広げさせ、尻の下に膝を入れるような感じで、充分に潤《うるお》っている性愛器官の入り口にピストンをあてがい、肉の穂先をぐいと侵入させた。

「あうう、ううう、うーッ！」

奈緒が下半身を持ち上げるようにして、後の胴にしがみついてくる。ハメ撮りの作業の邪魔になるぐらいだ。

（これは、感度がいい……！）

またしても彰は驚嘆させられた。オナニーはクリトリス感覚だがセックスは膣で楽しめると言った言葉に嘘はなかった。ザラザラしたような襞《ひだ》をもつ肉のトンネルが、侵入してきた牡《おす》の攻撃器官をぐいぐいと締めつけてくる。それは意図してのことではなく、ごく自然な反射運動だ。つまり生来の名器だ。

（こんな子がオナニーだけで毎夜、満足しているのか。もったいない）

カメラを下向きにして、自分に撞《つ》かれるたびに喘ぎ、唸り、呻き、叫び、口を噛《か》みしめたかと思うと目を閉じたまま声も出さずに大きく喉奥まで見せるほど口を開ける。多彩な歓喜の表情は最近の若い娘には珍しい。

（これはクセになる味だ）

つい撮影がおろそかになってしまうほど、緊縮する襞器官の刺激は強かった。

（だが、まだ早い……）

ハメ撮りのとき、彰は必ずバックから犯している画像も撮るようにしている。手持ちでは背中だけしか写らない。結合したまま手を伸ばし、ベッドサイドの机に置いてあった三脚に手早くデジカメを据《す》えつけ、角度を調整してからリモコンシャッターを使って、犯される奈緒の表情と姿態を撮影した。

「あうう、おう、うううッ、あーッ！」

奈緒はもう完全に理性が麻痺した状態で、獣《けもの》と化して悶《もだ》えまくっている。

（よし、ではフィニッシュと……）

ピストン運動を思いきり楽しもうとしてデジカメを置いたとき、ふッと異様な気配を左側の首筋に感じた。本能が彼に警告した。

（誰かいる！）

視界の隅で何かが動いたのだ。誰かが隣室に潜《ひそ》んでいて、彼を覗《のぞ》いている。

（美人局《つつもたせ》か）

そういう可能性を考えたが、それならばそういう伏線を敷くものだ。事件になって困るのは奈緒だ。

（せっかくいいところだったが……）

彰はピストン運動を停止させ、振り向いた。隣室は入ってきたときにチラと見せてもらったが、洋服タンスが二棹《さお》置かれた和室だった。こちらの部屋とは引き戸で仕切られているのだが、完全に閉じていたはずのそれが、今は少し隙間《すきま》がある。おそらく最初は押し入れの中にでも隠れていて、彰がハメ撮りに熱中したのを見計らって出てきたのだろう。

彼が動きを停止したので、奈緒が陶酔から覚めた。

「どうして……？」

それには答えず、

「そこで覗いている人。隠れていないで出てきたらどうですか」

大きな声で呼びかけた。引き戸の向こうで息を飲む気配がした。

「あー、グランパ。バレちゃいました」

奈緒が吐息のように言葉を発した。引き戸が開いて、ジャージのトレーナー上下を着た五十歳ほどの中年男が頭をかきながら出てきた。恐縮したような照れ笑いを浮かべ、髪の毛の薄くなった頭をかきながらおずおずと出てきた。ジャック・ニコルソンをもう少しお人よしにした感じだと、彰は思った。悪人の顔ではないし、少なくとも害意は見せていない。悪人のからんだ美人局では無いと判断し、彰はとりあえず安堵した。

7

「いやぁ、カンのいいかたですな、堂島さんは……。あれだけの隙間で、まさか気づかれるとは思わなかった」

男は、あわてて結合を解いて向き直った彰のすぐ下でぺたりと正座し頭を下げた。

「実は私、御厨智之と申しまして、奈緒の義理の父親でございます」

彰は頭を殴られたようなショックを覚えた。

「じゃ、あの、奈緒にオナニーを見せたという……？」

「そうです。奈緒はさっき嘘をついたんです。実は私たち、男と女の関係になっていまして、このマンションも実は、水入らずで楽しむための場所として私が借りているんです。ホームページも私がアイデアを出して奈緒にやらせたようなもので、まあ、プロデューサーのようなものですか」

濡れたペニスをぬぐってブリーフを穿いた彰は、訊き返した。

「じゃ、この取材もあなたが許可したわけですね？　ハメ撮りがあることを承知で」

「そのとおりです。いや、私は奈緒を愛人のようにしていますが、独占する気は毛頭ありませんで、この子が他の男たちと楽しんで欲しいといつも願っているんです。そういうタイプなんですな」

エロライターを名乗って取材している彰にはすんなり理解できた。この世には自分の愛する女を他人に抱かせ、交歓する姿を見て喜ぶ男が少なからずいるのだ。スワッピングや乱交の楽しみはそこから生まれる。

「やあ、そういうことだったんですか。うーん、奈緒ちゃんには何か物語がありそうだと思っていたんですよ。やっぱり、そういうウラがあったか」

彰は自分より十五歳は年上の男の前で喜色を浮かべてしまい、慌《あわ》ててひっこめた。記事にするには絶好のネタが向こうから飛びこんできた。

三人はリビングにゆきテーブルを囲んだ。奈緒はガウンをまとい、彰は彼女が渡してくれた浴衣を着た。糊《のり》がきいた男モノの浴衣である。

「私たちの関係は、女房――つまりこの子の母親には内緒ですので、その配慮だけはお願いします」

そう言って智之は、二人のこれまでの関係を打ち明けた。奈緒が小学生の間は相互愛撫やオーラルセックスにとどめ、処女を奪ったのは中学一年生の時だという。奈緒のフェラチオの技術が磨かれていたのは、智之が教えこんだからだ。

「まあ、女房も十年ほど前に子宮摘出の手術をしまして、セックスは可能なんですが前ほどの熱意は失《う》せましてね、私が外で浮気をするのは黙認しているんですが、やはり実の娘と関係したと知ったら怒るでしょう。薄々は気がついているような気もするのですがね」

インタビューは三十分ほどで終わり、その部分は記事にして入稿する前に電子メールで二人に送るという約束がなされた。

「では、せっかくいいところでしたので、続きをやってください。何でしたら、私が撮影しますよ」

智之が言うので、彰は彼にデジカメを渡した。奈緒は義父に見られながら激しく燃え、前以上に強烈な反応を見せて悶え狂った。

――一週間後、彰はF県ときわ市から発信された智之からの電子メールを受けとった。

《堂島彰さま。『ワイルドメン』掲載の記事を拝見しました。まったくうまく書いていただきありがとうございます。これなら私どもの正体も気づかれることはないでしょう。また、あの時私が撮影した画像が一カット使われるそうですが、お役に立てたかなと安堵しております。できましたら、貴兄のホームページに掲載される時は、奈緒のポーズ、もっと大胆なものを使っていただけると嬉しいです。

ところで、先日いろいろ私どものことをお話ししましたが、まだすべてをお話ししたわけではありません。入稿が済んだから白状しますが、実は奈緒は私の義理の娘ではありません。では何なのだ、と不思議に思われるでしょうか。あの子は実の娘、今の女房に私が孕《はら》ませた正真正銘、私の種による子なのです。話せば長くなるので簡単に説明しますが、今の女房は前の亭主がまだ生きている間、私と浮気をしていて、その時に妊娠したのです。どうやら前の亭主は精子が不足していて、それで妊娠できなかったようです。せっかく受胎できたのだからと、私が堕《おろ》すように頼んでも『あなたに認知とか養育費は要求しない』と言いきり、亭主には真相を告げないまま出産して、生まれてきたのが奈緒なのです。私たちはその後しばらく疎遠になっていましたが、亭主の死後、彼女が生活のために働きはじめたクラブで客とホステスとして再会、焼けぼっくいに火がつき、その結果、私と再婚することになったわけです。ただ、奈緒が動揺しやすい年ごろであったので、私が実の父親であることは隠しとおすことにしました。機会があれば打ち明けるつもりでいたのですが、私が強い性欲に負けて関係を結んでしまってからは、なおさら言い出せるものではありません。私が墓場まで背負ってゆく秘密です。堂島さまも、この話は絶対、奈緒にはしないでくださるよう、深くお願い申し上げます……》

彰はパソコンの前で頭をかきむしった。

「くそー、本当かよ、この話は！」

世の中には作家そこのけ、真実めいた告白をして他人を驚かせ、喜ぶ人間がいる。詐話《さわ》症などと呼ばれる一種の病気だが、あの智之というジャック・ニコルソンに似た人物は、そういう病的な精神の持ち主なのだろうか。

(こんな話をされても確かめようがないんだよな……)

ひょっとしたら奈緒も義父の詐話の片棒を担いで楽しんでいるのだろうか。

解答の得られない疑問を胸中に投げこまれた彰は、しばらくの間、呆然《ぼうぜん》とモニター上のメールを眺め続けていた──。

淫《みだ》ら指

牧村　僚

著者・牧村《まきむら》　僚《りょう》

一九五六年、東京生まれ。筑波大学を卒業後、芸能プロダクション勤務の後、ライターに転身。その後、官能小説の執筆に入り、女性の肉体へのこだわりを書き込んで『ふともも作家』の異名をとる。年上の女性にあこがれる少年の心理を追及した作品には定評がある。

1

　ＪＲ中央線・国立《くにたち》駅の階段をあがってきたところで、藤村光彦《ふじむらみつひこ》の視線は一人の女性の横顔に釘づけになった。いつもの朝の光景と同じで、プラットホームは通勤通学客でごった返しているが、その女性の姿だけが、周囲から確実に浮きあがって見える。

（いい女だな。こんな人、これまでに見かけたことがあったっけ）

　首をかしげながら、光彦はその女性が並んでいる列の後ろについた。つやつやとした黒髪を背中に垂《た》らした彼女は、オフホワイトのパンツルックだった。ウエストがみごとに細くくびれている分だけ、布地をぱんぱんに張らせたお尻のボリュームが、よけいに強調されて見える。

　お尻の表面に、パンティーのラインは出ていなかった。Ｔバックのように、後ろが紐状《ひもじょう》になったパンティーをはいているのかもしれないと思うと、光彦は胸の高鳴りを覚える。

（顔もいいけど、スタイルも申し分なしだ。ああ、あんなお尻にさわってみたい）

　黒い学生ズボンの下で、ペニスがむくむくと鎌首をもたげはじめた。カバンでさりげなく前を隠す光彦だが、急激に硬さを増した肉棒は、そのカバンさえも押しあげてくる。

（この人、どこまで行くんだろう。できるだけ長く、一緒に電車に乗っていたいな）

光彦は十七歳。中央線と山手線《やまのて》を乗り継いで、新大久保《しんおおくぼ》にある私立のK学園高校に通っている。男子校で女の子と接する機会がないせいもあって、通学中に電車内で若いOLや女子大生に出会うのが、光彦には大きな楽しみとなっていた。

しかし、だいたい同じ時刻の電車を利用し、乗車位置も一定しているため、メンバーもほぼ決まっていて、ここ半年ほど、ドキッとするような経験はしていなかった。週に二度ほど、OLと思われる二十歳前後の女性に会えるのが唯一の楽しみだと言ってもいい。

今朝のホームに、そのOLの姿はなかったが、光彦は特に残念だとも思わなかった。パンツルックの女性のほうが、彼の目にははるかに魅惑的に映《うつ》っている。

久しぶりの興奮を味わいながら、ホームに入ってきた快速電車に、光彦は乗り込んだ。普段は混雑に身をまかせる光彦だが、きょうは違った。少しでも目的の彼女に近づけるように、意識的に人をかきわけて進む。

ドアが閉まったとき、車内は身動きもできないほどぎゅうづめになっていたが、幸運にも、光彦は彼女の前に立つことに成功した。

正面から見る顔は、横顔以上に魅力的だった。少し吊りあがり気味の目が放つ妖《あや》しい輝きが、まず光彦を圧倒した。さらに、まっすぐに通った鼻筋と、ふっくらとした肉厚の唇が、光彦の性感を激しく揺さぶる。

（こんな唇でアレをくわえてもらったら、すぐ出ちゃうだろうな）

目の前にいる女性にフェラチオされている自分の姿を思い浮かべ、光彦はブルッと身を震《ふる》わせた。光彦はいまだに童貞で、ペニスをくわえられた経験など一度もないが、その快感だけは充分に想像できる。

股間のイチモツは、いつしか完全勃起していた。狭い空間で必死で腰を引き、高まりが女性の体に触れないように努める。

電車が次の西国分寺《にしこくぶんじ》駅に着いたとき、ガタンと揺れた拍子に女性がバランスを崩し、光彦のほうへ身をもたせかけてきた。白いブラウスを突きあげる乳房のふくらみが、光彦の胸に押しつけられる。

「あら、ごめんなさい」

「い、いえ……」

ほんの一瞬だが、光彦は彼女と目を合わせた。ほほえんだ彼女の唇がかすかに開き、きれいな白い歯がのぞいた。また硬直をくわえ込まれた姿が脳裏に浮かび、ペニスはピクピクと痙攣《けいれん》しはじめる。

乗り込んできた客でさらに車内は混雑し、光彦と彼女の体は、接触したまま離れなくなった。光彦はなんとか腰を引こうとするのだが、彼女のほうは特に気にする様子もなく、平然と豊満なバストを押しつけてくる。

学生服越しとはいえ、光彦は胸に乳房の柔らかさを実感していた。電車が揺れるたびにふくらみはバウンドするようにはずみ、光彦をたまらない気分にさせる。

(まいったな。こんな状態が続いたら、あそこを硬くしてるのがバレてしまう)

うれしさ半分、困惑半分という感じの光彦を、突然、思わぬ事態が襲った。もっこりふくらんでしまったズボンの前に、彼女がそっと右手をかぶせてきたのである。

「あっ、そ、そんな……」

狼狽《ろうばい》する光彦に向かって、彼女はすっと顔をあげ、左手の人差し指を唇にあてがってみせた。声を出すなという意味らしい。

信じられないという思いを持ちながらも、光彦としてはどうすることもできなかった。硬直の上を妖しく這《は》いまわる彼女の指に、身をまかせているしかない。

(こういうの、痴女っていうんだろうか。でも、まさかこんなきれいなお姉さんが……)

中学時代から電車通学をしている光彦は、痴漢行為は何度か目撃していた。サラリーマン風の中年男性が、OLらしい女性のお尻にさわっていたのである。

無抵抗の女性にいたずらする男に嫌悪感を抱く一方で、うらやましさを感じたのも事実だった。相手の女性が絶対に逆らわないという保証があるのなら、自分もやってみたいと思ったことを、はっきりと覚えている。

だが、女性が男性の股間に手をのばしているのを目にしたことは一度もなかった。痴女の存在など、はなから信用していなかったと言ってもいい。

「すごいのね、坊や。とっても硬いわ」

耳もとに唇を寄せ、彼女がささやいてきた。そのハスキーな声も、光彦にはこのうえなくセクシーに感じられ、さわられているペニスがピクピクッと震える。

「ねえ、いいのよ、さわっても」

「えっ⁉　で、でも……」

光彦は周囲を見まわした。ラッシュに揉《も》まれる乗客たちは一様に不機嫌そうな顔をしていて、光彦たちに注意を払っている者など一人もいない。しかし、もしだれかに感づかれたらと考えると、自分から積極的に痴漢行為をする気にはなれない。

「ああん、どうしたの？　私の体って、そんなに魅力ないのかしら」

「ま、まさか。とってもすてきですよ」

「だったら遠慮しないで。さあ、早く」

彼女は左手で光彦の右手首をつかんだが、カバンを持っているのを確認すると、素早く左手首に持ち替え、それを自分の胸に誘導した。ブラウスを盛りあげるふくらみに、光彦の手のひらを押し当てる。

「うわっ、ああ、お姉さん……」

あまりの心地よさに、光彦は思わず声に出してつぶやいていた。ブラウスとブラジャーという二枚の布地を通しているとは思えないほど、乳房の手ざわりはすばらしかった。マシュマロのように柔らかく、それでいてゴムまりにも似た弾力をたたえている。

「坊や、お名前は？」

「藤村です。藤村光彦っていいます」

「藤村くんか。私、小田切玲子《おだぎりれいこ》。高円寺《こうえんじ》女子大の三年よ。よろしくね」

「こ、こちらこそ……」

痴女行為を仕掛けてきた女性に自己紹介され、光彦はなんとも不思議な気分だった。しかし、初めて触れた乳房の感触、それに女性の手にペニスをさわられている快感が、光彦に恍惚《こうこつ》感をもたらしつつあった。煮えたぎった欲望のエキスが、出口に向かって確実に押し寄せてきている。

（こんなことしてたら、イッちゃうかもしれない。だけど、もしパンツに出したりしたら、学校へ行けなくなる……）

不安にかられながらも、光彦には玲子の行為を中断させる気はまったくなかった。ゆるゆると肉棒をこする玲子の手の動きに合わせて、自分も指先を食い込ませて乳房を揉む。

電車は走り続け、いつしか中野《なかの》駅をすぎていた。間もなく乗り換えの新宿である。

(ああ、気持ちいい。ほんとうに出てしまいそうだ。それでもいい。学校なんか、休んじゃえばいいんだ)

懸命に耐えた光彦だったが、玲子の的確な指づかいの前には、その努力も結局は無駄だった。新宿到着を目前にして、快感の大波が背筋を駆けのぼる。

「ああっ、お姉さん、ぼく……」

「出ちゃいそうなのね、藤村くん」

光彦がうなずいても、玲子は股間から手を離そうとはしなかった。むしろこれまで以上のスピードで、肉棒を上下にしごきたてる。

「お姉さん、ぼく、イッちゃう」

「いいわよ、藤村くん。出して」

「ああっ、お、お姉さん!」

ズボンの下で、ついにペニスが射精の脈動を開始した。ビクン、ビクンと肉棒が震えるごとに、熱いエキスがブリーフに向かって噴射される。

肉茎がおとなしくなったところで、玲子はようやく光彦の股間から手を離した。ほぼ同時に、電車は新宿駅のホームにすべり込む。

濡《ぬ》れてしまった股間を気にかけながら、光彦が電車を降りると、玲子がその腕を取り、ホームの端の人けのないところへ導いた。

「ごめんなさいね、藤村くん。パンツ、汚れちゃったでしょう」

「いえ、いいんです」

「でも、そのままじゃ学校へも行けないわよね。パンツを買うにしても、まだデパートも開いてないし……」

「大丈夫ですよ、お姉さん。こんなに気持ちよかったの、生まれて初めてです。ありがとうございました」

光彦はすっきりした気分で頭をさげ、あらためて目の前の玲子を見つめた。先ほどまでさわっていた乳房も含めて、まるでファッション雑誌から飛び出してきたようなプロポーションをしている。

股間のイチモツが、またピクリと動いた。射精して間もないというのに、早くも再勃起の気配を感じ、光彦はあわててカバンで前を隠した。それでもなお、パンツルックの玲子に憧憬《しょうけい》の視線を送る。

「ねえ、藤村くん。きょうの夕方、何か予定はある？」

「夕方ですか。いえ、べつに何も……」

「だったら、どこかで待ち合わせない？」

「はあ、ぼくはかまいませんけど」

「パンツを汚してしまったお詫《わ》びがしたいのよ。ねっ、いいでしょう？」

「はい、もちろん」

「それじゃ、マイシティーの八階にあるＰっていう喫茶店にしましょう。五時なら私も来られるわ。あなたは？」

「授業は三時に終わりますから、五時なら絶対に大丈夫です」

「そう、よかった」

玲子は手帳に喫茶店の電話番号を書いて破り、光彦に手渡すと、くるっと振り向いて階段をおりていった。

「ああ、お姉さん……」

オフホワイトの布地に包まれたお尻が雑踏の中に消えたとき、光彦のペニスは、完全に硬さを取り戻していた。

2

指定された喫茶店で光彦が待っていると、玲子は五分ほど遅れてやってきた。朝とは違い、黒いミニのワンピースを着ている。

「ごめんなさい、遅れちゃって」

「いえ、ぼくもいま来たばかりです」

答えながらも、光彦の視線は玲子のスカートの裾《すそ》に吸い寄せられていた。薄手の黒いストッキングに包まれたふとももは、むっちりと量感をたたえていて、思わずむしゃぶりついていきたくなる。

座ってウエートレスにコーヒーを注文するなり、玲子はバッグから紙包みを取り出し、光彦に差し出してきた。

「これ、ブリーフ。気に入らないかもしれないけど、勝手に選ばせてもらっちゃった」

「そ、そんなことまでしてもらったら、申しわけないですよ」

「何言ってるの。すごく気になってたのよ。あのまま学校へ行ったの？」

「ええ、まあ。駅のトイレでパンツを脱いで、直接ズボンをはいて……」

「あらあら、それじゃ一日、ノーパンですごしたってわけ？　悪かったわね、私のせいでこんなことになってしまって」

「とんでもないです。あんなに気持ちのいいことをしてもらえたんだから……」

光彦は、ぽうっとなって玲子の顔を見つめた。朝、感じたとおり、彼女はかなりの美形である。肉厚の唇を目にしていると、またもやフェラチオシーンが脳裏に浮かんでくる。

玲子には、パンツを脱いでズボンをはき、そのまま学校へ行ったと話したが、実際は違っていた。駅のトイレで下半身裸になると、柔らかな乳房の手ざわりや、硬直の上を這いまわった玲子の指の感触を思い出し、どうにもたまらなくなって、その場でペニスをこすりたててしまったのだ。

一時間遅れで学校に着いてからも、光彦の興奮はいっこうにおさまる気配がなかった。授業にはまったく集中できず、玲子のお尻や乳房のことばかりが頭に浮かんでくる。なんとか最後の六時限目まで耐え抜いたものの、玲子と約束した五時まではずいぶん間があったため、学校のトイレでさらにもう一度、欲望を放出してきたのである。

きょう三度目の射精をしてから、まだ三十分ほどしか経過していない。にもかかわらず、ワンピースから露出した玲子のふとももを見ただけで、光彦のズボンの下では、早くも肉棒が硬くなりはじめていた。

（こんなの初めてだな。このお姉さんが、すてきすぎるんだ）

ほとんど毎日しているオナニーの際には、よく電車の中で出会うＯＬをおかずにすることが多い。しかし、当分は玲子の体を想像するに違いない、と光彦は確信した。

そのためにも、玲子の体をしっかりと目に焼きつけておきたかった。少し失礼かもしれないと思うぐらいに、光彦はじろじろと脚や胸に視線を送る。

「藤村くん、あなた、童貞？」

運ばれてきたコーヒーをひと口すすったあと、まったくさりげない調子で、玲子が尋ねてきた。光彦は唖然《あぜん》としてしまい、すぐには言葉を返すこともできない。

「あのぐらいでイッてしまうんだもの、童貞に決まってるわよね」

「は、はい……」

全身がカッと熱くなり、顔面が赤く染まるのを意識しつつ、光彦は小さくうなずいた。

「きっと誤解されちゃったでしょうね。私って、すっごく淫乱な女だって」

「いえ、そんなことありませんよ。お姉さん、とってもきれいだし、淫乱だなんて……」

「いいのよ。初めて会った子に、あんなことをしたんだもの。そう思われて当然よ。でもね、だれにでもするわけじゃないのよ」

カップをソーサーに戻した玲子は、光彦をぞくぞくさせるような妖しい笑みを見せて言い、おもむろに脚を組んだ。二人を隔てたテーブルが低いため、スカートの裾がずりあがり、ふともが露出してくる様子が、はっきりと光彦の視界に入ってくる。

「国立の駅にいたときからね、あなたのこと、かわいい子だなって思ってたの」

「そんな、かわいいだなんて……」

「べつに、バカにして言ってるわけじゃないのよ。ほんとにかわいいなって思ったんだから。それで、ちょっぴりいじめてやりたくなったのよね」

「いじめる？」

「フフフッ、男の子ならわかるでしょう。好きな女の子を、わざといじめたりした経験、あなたにもあるんじゃない？」

「はあ、そう言われれば……」

「だからね、私、わざわざあなたの目の前に立って、体を押しつけてみたの」

「えっ、そうなんですか？」

光彦はきょとんとした。彼自身は、混雑をかきわけて、なんとか玲子のそばにたどり着いたつもりでいたのである。

だが、考えてみれば、玲子の言うことはもっともだった。玲子にその気がなければ、あれだけのラッシュの中で、真正面に向かい合って立つなどということは、ありえなかったに違いない。

「けっこう感激したのよ。あなたがパンツの中に出しちゃったとき」

「ぼ、ぼくだって……」

射精の瞬間の猛烈な快感がよみがえり、光彦のペニスは完全硬直した。もう一度、玲子の乳房に手を触れてみたいという願望が、胸の底から湧《わ》きあがってくる。

「ブリーフを買ってあげたくらいじゃ、お詫びにもならないわよね。もしよかったら、私の体で経験してみる？」

玲子の口調があまりにもあっさりしたものだったため、光彦は一瞬、何を言われたのかわからなかった。しかし、すぐにその意味を理解し、ブルブルと体を震わせる。

「お、お姉さん！　それじゃ、ぼ、ぼ、ぼくと、その……」

「そうよ、藤村くん。あなたの童貞、私にくれる気、ある？」

「も、もちろんですよ、お姉さん。ぼく、なんだか夢を見てるみたいで……」

玲子のほうを陶然となって見つめたまま、光彦は両手を自分の頬《ほお》にあてがった。同じ体温のはずなのに、確かに顔面の熱さが手のひらに伝わってくる。

「でも、制服じゃホテルに入れないわね。また日を改めてってことにする？」

「えっ、そんな……」

光彦は、いまにも泣きだしそうな情けない顔になった。まったくの偶然とはいえ、せっかくつかんだチャンスなのだ。何があっても、きょうじゅうにセックスを経験しておきたい。

しばらくうつむいて考え込んでいた玲子が、何かを思いついたように顔をあげた。

「藤村くん、あなた、その詰め襟《えり》の下は何を着てるの？」

「普通のTシャツです。ほんとはワイシャツを着なければいけない規則なんですけど、きょうはどうせ上着を脱がないと思ったから」

「だったら都合がいいわ。上着とカバンだけ、コインロッカーに預けちゃいましょうよ。ズボンが制服っぽいけど、Tシャツ姿なら、大学生とかに見えないこともないでしょう。でも、ちょっと寒いかしら」

「だ、大丈夫です、お姉さん。ぼく、さっきから体が火照《ほて》ってきちゃって……」

「まあ、フフッ、正直な子ね。じゃあ、出ましょう」

玲子は伝票をつまんで立ちあがった。一瞬、ワンピースの奥に、むっちりしたふともと、白いパンティーの股布がのぞく。

（こんなラッキーなことってあるんだな。ああ、とうとう童貞じゃなくなるのか……）

レジに向けて歩きだした玲子のお尻やふとももを見つめながら、光彦は肉棒がさらに硬さを増すのを感じた。

3

歌舞伎《かぶき》町の裏にあるホテルの一つに、光彦は玲子と腕を組んで入った。玲子は慣れたものので、パネルで選んだ部屋のキーを受け取り、光彦を三階の部屋に導く。

靴を脱いであがるなり、玲子は光彦を抱きしめ、唇を重ねてきた。ファーストキスの光彦はとまどったものの、玲子のリードで、なんとか舌をからめ合わせる。

いったん体を離した玲子は、背中に手をまわしてジッパーをおろし、光彦の目の前でワンピースを脱ぎ捨てた。白いハーフカップのブラジャー、同じく白いレースのパンティー、それに薄手の黒いパンストだけになった玲子を、光彦はうっとりと見つめる。

「お姉さん！　す、すごい……」

「フフフッ、気に入ってくれたみたいね、私の体。光栄よ、藤村くん」

妖艶《ようえん》な笑みを見せて言い、玲子は腰をくねらせる悩ましいしぐさで、パンストを引きおろした。続いてブラジャーも取り去り、あっという間《ま》にパンティー一枚の姿になる。

大きくたわむ豊かなバストと、透《す》き通るような白いふとももを目の当たりにして、光彦は軽いめまいを覚えた。ペニスはこれ以上は無理というくらいに硬くなり、ズボンの前をぱんぱんに突っ張らせている。

「ねえ、見て、藤村くん。パンティーが濡れてるの、わかる？」

玲子は立ったまま脚を開き、右手の中指をパンティーの股布にあてがった。確かにその部分には、小さなシミが浮き出している。

「電車の中で、あなた、すっごく感じてくれたみたいだけど、私だって同じくらい感じたのよ。パンティーが濡れちゃったから、家に帰って着替えてきたんだもの」

なるほど、それで朝と服装が違っていたのか、と光彦は納得した。

「でも、あなたと話しているうちに、またこんなふうになっちゃった。これもあなたのパンツを汚した罰なのかしら。きょうはノーパンで帰らなくちゃならないかもね」

くだけた口調で言った玲子は、いきなり光彦の足もとにひざまずいた。あっけにとられて見つめる光彦にかまわず、慣れた手つきでベルトをゆるめ、ズボンを足首まで引きおろしてしまう。

ブリーフをはいていないため、すぐに硬直が玲子の目の前に現われた。淡いピンクの肉棒は下腹部にぴたっとはりつき、先端からは透明な粘液をあふれさせている。

「きれいだわ、藤村くんのコレ」

言うが早いか、玲子はペニスの根元に右手をあてがい、竿《さお》をぱっくりとくわえ込んだ。

「うわっ、ああっ、お姉さん！」

背筋を這いのぼるあまりの快感に、光彦は身をよじり、玲子の黒髪をかきむしった。口の中までは見えないが、舌が肉棒にまつわりついていることだけは確かだった。肉厚の朱唇に自らのペニスを頬張られた光景も、童貞の光彦にはこのうえなく刺激的で、いまにも射精してしまいそうな興奮を覚える。

しばらくいとおしげにペニスを愛撫してから、玲子は口を離して光彦を見あげた。

「大きいのね、藤村くん。このまま飲んであげたい気もするけど、私のほうがたまらなくなってきちゃった。ねえ、来て」

玲子は立ちあがり、ベッドにあがってあお向けになった。光彦はあわててTシャツを脱ぎ、玲子に寄り添うように身を横たえる。

「最後の一枚だけは、あなたに脱がせてほしいの。ねえ、お願い、パンティーを……」

喉《のど》がカラカラに渇《かわ》いていて、光彦はもう声も出せなかった。黙ってうなずき、震える指先をパンティーの縁に引っかける。

「お尻のほうから、剝《む》くように脱がせるのよ。そう、その調子」

玲子の協力を得て、間もなく薄布は足首から抜き取られた。

「さあ、これでいいわ。来て、藤村くん。あなたの硬いのを、ここへ……」

玲子は脚を広げ、右手でジャンケンのチョキの形を作って、薄褐色の秘唇を左右に開いてみせた。鮮紅色の肉洞が視界に入り、光彦はまた軽いめまいに襲われる。

「まず体を私の脚の間に入れるのよ。ここに手をついて、あとは私にまかせておいて」

言われたとおり、光彦が玲子の顔の横に手をつき、両ももの間に膝立《ひざ》ちになると、すぐにほっそりした五本指がおりてきて、しっかりと硬直の根元を握った。手前に引くようにして、玲子は先端を淫裂にあてがう。

亀頭の先に蜜液のぬめりを感じて、光彦は低くうめいた。全身がピクリと震える。

「いいわよ、藤村くん。そのまま入ってらっしゃい。ああ、欲しいわ。コレが欲しい」

「ううっ、お姉さん。ああっ！」

光彦が腰を進めると、狭い肉洞を切り開くようにして、肉棒は玲子の体内に埋没した。

キュッ、キュッというリズムで、玲子は侵入した肉棒を締めつけてきた。それが意図的なものなのか、それともごく自然な行為なのか、初体験の光彦には判断がつかない。

どちらにしても、これまでに味わったこともない快感であることだけは確かだった。このままじっとしていても、すぐに射精してしまいそうな不安を覚える。

「動いてもいいのよ、藤村くん。セックスのビデオぐらい、見たことあるんでしょう？」

「はい。でも、あんなふうに動いたら、あっという間に出ちゃいそうで……」

「いいじゃないの、出しちゃえば。あなたがしたければ、何回でも付き合うわよ」

「ああ、お姉さん！」

光彦は本能的に右手で玲子の乳房をわしづかみにし、腰を前後に振りはじめた。ぎこちない動作だが、ペニスは確実に肉ひだにこすられ、刻一刻と射精の瞬間が近づいてくる。

「どう、藤村くん。気持ちいい？」

「はい、お姉さん。うぅっ、自分でするのとは、ぜんぜん違うんですね。お姉さん、ぼく、もう……」

「いいわよ、藤村くん。私の中に、思いっきり出して」

「ああっ、お、お姉さん！」

ペニスが脈動を開始したとき、光彦は肉棒を強く引かれ、全身が玲子の体の中に吸い込まれていくような錯覚を覚えた。白濁液の猛烈な噴射を終え、光彦は満たされた気分で玲子の上にくずおれる。

「ありがとうございました。ぼく、なんてお礼を言ったらいいのか……」

「バカねえ。これはパンツを汚しちゃったお詫びのしるしじゃないの。さっきも言ったけど、あなたが喜んでくれるんなら、このぐらいのこと、何度でもしてあげるわ」

「お姉さん、それじゃ、きょうだけじゃなくて、これからも?」

不安と期待の入り交じった表情で、光彦は尋ねた。セックスのすばらしさを教えてくれた玲子を、いまはどうしても失いたくないという気持ちになっている。

「フフッ、もちろんよ、藤村くん。あとでケータイの番号を教えるから、たまらなくなったら、いつでも電話して」

「お姉さん!」

玲子の体内にくわえ込まれたままだったペニスに、また血液が集まりはじめた。それを敏感に感じ取った玲子が、にやりと笑う。

「ヌカ二とかヌカ三とかって、何度も続けてセックスするって意味の言葉もあるくらいだけど、それじゃ面白くないわ。あなたのアレ、まだじっくり見ていないもの」

玲子はいったん体を離し、精液と蜜液にまみれて湯気をたてているペニスを、躊躇《ちゅうちょ》なく頰張った。体を回転させて光彦のほうへ脚を向け、むっちりした両ももで彼の顔をはさみつけながら、ねっとりと肉棒を愛撫する。

(ああ、最高だ。このお姉さんは女神だ)

玲子に出会えた幸運に感謝しつつ、光彦はふとももを抱きしめ、目の前に迫ってきた秘唇に、ゆっくりと舌を這わせていった。

4

光彦の童貞を奪った翌日、玲子は新宿にあるシティーホテルの一室で、三十代後半の女性と抱き合っていた。彼女は小暮幸代《こぐれさちよ》――。光彦の同級生、小暮博之《ひろゆき》の母親である。

「それじゃ、玲子さん、間違いなく藤村くんとセックスをしたのね？」

「ええ、奥さま。三回も……」

「ウフッ、藤村くん、もうあなたに夢中でしょうね。これからも、どんどん彼を誘惑してやってね。これで藤村くんの成績が落ちてくれれば、T大学の推薦枠はうちの博之で決まりだわ」

玲子の腰に装着された疑似ペニスを体内にくわえ込んだまま、幸代は夢見るような口調で言った。玲子と幸代はテニススクールで知り合い、もともとレズ志向の強かった幸代の誘いで、こんな関係になったのである。

ところが、親しくなった玲子に、幸代はとんでもない依頼をしてきた。K学園高校で息子のライバルとなっている藤村光彦を誘惑し、骨抜きにしてくれというのである。

聞けば、K学園にはT大への推薦入学の枠があり、それには二年生の成績が大きくものをいうらしい。そして、その枠を争っているのが、幸代の息子と光彦だというわけだ。

「週に二回……ううん、三回は彼に抱かれてちょうだい。藤村くんさえいなくなれば、もうこっちのものなんだから」

「わかりましたわ、奥さま。その代わり、あっちのほう、よろしくお願いしますね」

「もちろんよ、玲子さん。海外旅行のお金くらい、すぐに稼がせてあげるわ。それより、きょうはちゃんと抱いて。私、きのうは悶々としてたのよ。あなたが藤村くんに抱かれてるんだと思ったら、なんだかとっても悔《くや》しくて……」

「ああん、ご自分が抱かれろって言ったくせに。ヤキモチ焼きなのね、奥さまは」

玲子は腰を動かしながら、唇で幸代の黒ずんだ乳首をついばんだ。幸代は身を震わせ、鼻から甘いうめき声をもらしはじめる。

（この奥さん、男ってものがぜんぜんわかってないわ。藤村くん、もしかしたら、前より成績があがるかもしれないのに……）

的確な愛撫を与えながらも、玲子は醒《さ》めた目で幸代を見ていた。光彦は確かに玲子とのセックスにおぼれるかもしれない。しかし、それによって欲望の処理に困らなくなれば、かえってすっきりした気分で勉強に打ち込める可能性が高い。

実際、受験を控えた息子の性欲をなんとかしてやってくれないかという依頼も、玲子は何件か受けている。そして、性の悩みから解放された彼らは、順調に成績をのばしているのである。

(このままじゃ、私、詐欺《さぎ》になっちゃうのかな。不公平にならないように、この奥さんの息子も誘惑してやろうかしら)

喜悦の声をあげ、腰を突きあげてくる幸代を抱きしめながら、玲子は写真でしか見たことのない、小暮博之のことを考えていた。

お節介なオートフォーカス

長谷一樹

著者・長谷《はせ》一樹《かずき》
一九五一年、北海道に生まれる。高崎経済大学中退後、会社員生活の傍ら、官能小説の執筆に入り、現在官能小説雑誌を中心に活躍。陰影に富む性の描写にはファンが多く、展開の妙を見せるストーリーには定評がある。官能小説最前線を担《にな》う書き手の一人である。

1

小糠雨《こぬか》がセミロングの髪を濡《ぬ》らしている。色白の肌に濡れた後れ毛《おくげ》が貼りついている。

初夏とはいえ、頭皮を伝って首筋に垂《た》れる滴《しずく》は、ことのほか冷たく染《し》みてくる。

それでも明美《あけみ》は、唇を嚙《か》みしめたまま歩き続けていた。さっきからヘッドライトの明かりが、等距離を保ちながらスラリとした明美の後ろ姿を照らし続けている。

（いつまで尾《つ》いてくる気？　いい加減にして）

ヘッドライトの車の主を背中で罵《ののし》る。

いつまでも後を尾けるくらいなら、無理やりにでも車内に連れ戻してほしかった。有無《うむ》を言わせず抱きしめて、「いつまで強情を張ってるんだ！」この甘ったれが！」と怒鳴りつけてほしかった。

そうすれば彼の腕の中で泣きじゃくって、思い切り甘えてみせるのに。

だが、車を飛び出してから、かれこれ十分以上たつというのに、岡本《おかもと》にその気配はない。ノロノロ運転で、ひたすら明美の後を追ってくるだけである。

岡本が車から飛び出してこないのも分からぬでもない。お互いに家庭を持つ身。オトナの分別を持つ彼が、周囲の目を無視してまで明美を車に連れ戻すような愚《ぐ》を犯すはずがないのだ。

が、理屈では分かっていても、そんな彼の慎重さが明美には歯がゆかった。愛している

のなら世間の目など無視すればいい。みんなが見ている前で抱きしめ、愛している証拠を

見せつけてほしい……と。

明美は三十一歳。結婚して四年たつが子はいない。大学を卒業してからずっと続けてき

たフラワーアレンジメントの仕事を、結婚後も続けるためだった。夫の内藤修平《ないとうしゅうへい》には、

子供は一生つくらないと宣言してある。

岡本と知り合ったのは二年前のことである。顧客の一人だったが、一度食事を共にして

から急激に親しくなり、やがて不倫関係へと発展した。

岡本は四十三歳。妻子持ちの証券マンだ。十二歳の差があるが、明美は違和感を感じた

ことはない。

幼くして父親を失った明美は、岡本に父親の面影《おもかげ》を追っていたのかもしれない。あるい

は、夫の内藤が妙に子供っぽいところがあるだけに、歳《とし》相応の落ち着きを持つ岡本に魅《ひ》か

れていったのかもしれない。

明美と岡本はよく口論する。原因のほとんどは岡本が作り、明美がそれを糾弾《きゅうだん》する形

で喧嘩《けんか》が始まる……というケースが多い。

たとえば会う約束をしていた日の岡本の遅刻。「商談が長引いて」と言い訳する岡本に、「あたしと仕事とどっちが大切？　あたしは会いたい一心で、仕事をキャンセルしてまで、こうしてやって来たのに」と詰め寄って口論に発展し……というパターンだ。

だが、まともに話をしたこともない夫婦生活よりも、明美にとっては、よほど刺激的な関係だった。

セックスに関しても同様で、夫の内藤は明美の反応などお構いなしに矢継ぎばやに責めを繰り出し、勝手に燃えて、勝手に果てる。

一方、岡本のそれは決して性急ではない。じれったくなるほどじっくり愛撫し、女に生まれたことの悦《よろこ》びを心ゆくまで味わわせてくれるのだ。

岡本と喧嘩別れして数日は音信不通になることが多いが、その間、会いたくて会いたくてどうしようもなくなる。岡本の肌が無性に恋しくなる。そうして再会した時のお互いは、ひときわ燃える。

いわば、喧嘩は、二人をさらに強く結びつけるスパイスのようなものだったのかもしれない。

その日の喧嘩もささいなことが原因で始まり、明美が憤然として車から雨の歩道に飛び出したのだった。

雨の粒が大きくなり始めている。心の寒さに滴の冷たさが重なって、思わずジャケットの前を両手でたぐり寄せる。

「どうなさったんです？」

不意に声をかけられた。車道に目をやる。黒塗りのセダンが停まっていた。紺のスーツを身に着けた青年が、人の好さそうな笑顔を見せて運転席から顔を出していた。まだ二十歳そこそこといった感じの青年だった。

「いえ……別に……」

反射的に答える。

「でも、この雨じゃあ大変でしょ？　乗りませんか？　お送りしますよ」

「い、いえ……折角《せっかく》ですけど……」

岡本の車にチラと視線をやる。岡本の車は二〇メートルほど後方に停車していた。じっと明美の行動を窺《うかが》っているらしい。

もし私がこの車に乗り込んだら、彼はどんな反応を示すだろうか……ふとそんな思いが胸をよぎり、予想もしていなかった言葉が口をついて出た。

「じゃあ、折角だから、お言葉に甘えて乗せていただこうかしら」

「はい！」

青年が勇んで歩道に下り立ち、助手席側に回り込んでドアを開ける。明美は一礼して助手席に乗り込んだ。オールディーズだろうか、スローバラードの曲がかすかに聞こえていた。

青年が運転席に戻り、明美を見やって満足そうに微笑《ほほえ》む。明美も笑みを返したが、足元に目をやってあわてた。ヒールから垂れた滴が床を濡らし始めていたのだ。

「ごめんなさい。シートや床が汚れちゃうわ」

「構いませんよ。あなたみたいな奇麗な方に汚されるんなら、シートだって本望ですから」

「え？　まぁ、お世辞がお上手なのね」

頰《ほお》を染めながらチラと振り向き、岡本の車に目をやった。依然として下りてくる様子はない。が、息を殺してこっちを窺っているであろう気配だけは、ワイパー越しにはっきりと伝わってくる。

年甲斐《としがい》もなく意地を張っているのだ。引っ込みがつかなくなっているに違いない。明美はしてやったりの気分で、思わず苦笑した。

「さ、どこまで送りましょうか。ショッピング？　それともご自宅？」

「そ、そうね、どうしようかしら……」

さすがに言葉に詰まった。

車が走り出してもなお岡本は追ってくるだろうか。もし明美の身に「危険」が迫ったら、彼は「救出」に来てくれるだろうか……。明美の中に魔が差した。いっそのこと岡本に踏み絵を突きつけてみよう……と。

「あたし、服が濡れちゃって、とっても寒いの。服を脱いで乾かせるような場所がいいわ。そうだわ、ホテルなんてのはどう?」

「え?」

青年がフッと頰を赤らめた。

「ねぇ、一緒に来て。もちろん料金はあたしが払うわ」

「いや、料金の問題じゃなくて……つまりその……普通のホテルだとチェックインの手続きが面倒だし……その点、ラブホテルなら簡単だけど……」

青年が口ごもっている。明美の胸もさすがに高鳴っていた。

「任せるわ。どこか知ってるとこある?」

「ないわけじゃないけど……でも、あなたみたいな素敵な方と一緒に入ると、僕だっていちおう、男だし……」

タイトスカートから覗いた太腿にチラッと視線を注がれた。均整のとれた体型のせいか、着やせするタイプの明美だが、薄手のパンストに包まれた太腿《もも》には、かなり肉感的なボリュームがある。

青年の瞳《ひとみ》が一瞬、好色な光を帯《お》びたが、明美は気づかなかったふうを装《よそお》った。

「あたしを抱きたくなっちゃうってこと？」

「いえ、そこまで断言しませんけど、はっきり言って自信がないというか……」

「最悪の場合は、そうなっても構わないわ。風邪を引くよりはマシですもの」

明美がイタズラっぽく笑う。端整な美貌に人なつっこさが顔をのぞかせた。

「ホントですか？――」

青年の顔に喜色が浮かんだ。明美は小さく頷《うなず》くと、ドアミラーに映った岡本の車に、さりげなく視線を走らせた。すでにライトは消されていたが、息を殺してこっちを窺っているのに変わりはなかった。

「僕、田代《たしろ》って言います。よろしく」

青年の声に、あわてて顔を上げる。手が差し出されていた。

「あたし、仁美《ひとみ》です。よろしくね」

とっさに名を偽《いつわ》って握手を返す。雨脚は次第に強くなる気配を見せていた。

2

高層ラブホテルの最上階の部屋だった。部屋の一角にはホームバー風のカウンターが設けられ、リビングボードの上には大きなテレビが置かれている。

窓を開け放てば採光もよく、ダブルベッドの横には、品のいい応接セットが据《す》えられていた。ベッドキャビンの上に置かれたスキンの包みとティッシュボックスを除けば、ちょっとしたリゾートホテル並みである。

が、勢いに任せてここまで来てしまったものの、明美はさすがに後悔が大きかった。

緊張が走ったのは、ほんの数分前。明美を乗せた車がホテルのゲートを潜《くぐ》った時だった。追跡してきた岡本の車がゲートの手前で急停車し、岡本が青ざめた顔で飛び出して来たのだ。

が、それまでだった。彼は雨の中に立ちすくんだまま、身じろぎもせずに明美と田代の後ろ姿を見送った。騒ぎが大きくなることを恐れた、いかにも岡本らしい反応だったと言える。

そして明美は、そんな岡本を振り切るように、ホテルのエントランスに入る田代の後に従ったのだった。幸か不幸か、田代に岡本の存在を気づかれた形跡はなかった。

「さ、僕が脱がせてあげますよ」

明美の背後に回り込んだ田代が、明美のジャケットに手を掛ける。車内のエアコンで、ほとんど乾いてはいたが、明美はその言葉に素直に従った。

抜き取られたジャケットの下から、ハイネックのノースリーブセーターが現われる。肩口から露出した白い肌に、田代の視線が注がれた。

「ありがと」

振り向こうとして明美が首をひねる。だが、すでに両肩に手がかけられていた。

「素敵だ。あなたは本当に素敵だ。奇麗だしスタイルもいいし、とってもいい香りがする」

背後から首筋に唇が滑《すべ》り、軽く吸われた。

「んもう、せっかちね。だいいち、きっとあたし、あなたより十歳以上もお姉さんよ。オバさんなのよ。人妻だし。それでもいいの？」

「嘘《うそ》だろ？　二十五、六歳ぐらいにしか見えないよ。人妻ってのも信じられないな」

「ほんとにお世辞がお上手ね」

次第に馴《な》れ馴れしい口ぶりになっていく田代に、明美は苦笑した。彼は、すっかり愛人気取りになっているのだ。

肌を吸われる。腰を引き寄せられ、腕を抱え上げられる。腋の下に唇が潜り込んできた。

「ち、ちょっと待って！」

「もう待てないよ」

スカートの中に手が滑った。

「いや！」

あわてて田代の腕をすり抜け、窓際に身を寄せた。窓からゲートを見下ろす。パールホワイトの岡本の車が停まっていた。排気ガスの白い湯気が雨の中にうっすらと立ちのぼっている。

(あたしはここよ。早く助けに来て。今ならまだ間に合うわ。あたしが抱かれたいのは、あなたなのよ)

心の中で叫ぶ。声が届くはずもなかったが。

「何してるんです？　さあ、楽しみましょうよ」

背後から抱きすくめられる。そんな姿が岡本の目に映っているかどうかは分からない。できれば、その目に映っていてほしかった。そして、車から飛び出して階段をかけ上り、

「救出」に駆け込んできてほしかった。

腰に回された手がスカートの中に滑り込む。手はパンストに包まれた内腿を伝って、一気に下腹部に達していた。

太腿の合わせ目に息づいているこんもりした膨《ふく》らみを揉《も》みつけられる。柔らかな淫肉と裂け目が薄布の奥でウネウネとよじくれた。

「柔らかい。あなたのここ、柔らかい」

「恥ずかしい……だめ……だめよ……」

今ならまだ間に合う。早く来て！　早く！　懸命に心の中で叫ぶ。

手がパンストの上端に滑る気配があった。手が差し込まれ、ショーツを潜って下腹部に向かう気配。

「だめ！　そこはだめ！」

スカートの上から手を押えつけた。だが、なんの抵抗にもならなかった。制止をふり切って指の一本が真下に達し、秘毛をかき分けて肉裂に侵入したのだ。女液に湿った粘膜は、指の侵入を易々《やすやす》と受け入れていた。

「あう……」

明美は思わずのけぞった。もう終わりだ。たかが指だが、ついに見知らぬ男を体内に迎え入れてしまったのだ。

観念した明美はもろかった。体内を攪拌《かくはん》される。内側の肉ヒダがビラビラとよじれる。秘密の穴に指を差し込まれ、上下左右に揺さぶられる。

「あふ……だめ……あ……あは……」

唇を噛みしめ、イヤイヤと首を振る。女液のまとわりついた指が肉ヒダをかき分けて谷間を上に移動する。女の最も敏感な器官がクィッとえぐられた。

「ひッ……」

シャックリのような小さな悲鳴が明美の喉元《のど》から洩《も》れて出た。電気に触れたような刺激が突き上げてきたのだ。快感と嫌悪感がないまぜになった、奇妙な刺激だった。

「ふふ。感じたの？　心では拒否してても体が勝手に反応するってやつ？　それとも僕が上手なのかな？」

「そんなんじゃないわ。自惚《うぬぼ》れないで」

反論しながら心の中で岡本を罵っていた。あなたがモタモタしてるから、こんなことになっちゃったのよ。この先、どうなっても知らないから……と。

調子づいた指が、敏感な肉芽を下からえぐるように擦《こす》り立てている。顔を背《そむ》けて歯を食いしばる。だが、指は強弱をつけながら巧《たく》みに女の急所を責めてきた。

バカ！　岡本さんの弱虫！　罵る。本来なら今頃は、同じことを彼にされているはずだったのに……。歯ぎしりする。だが、もう手遅れ……。

ひとしきり肉芽を弄《もてあそ》んだ指が、再び膣穴に差し込まれた。とば口をゆっくりとコネ回される。膣液の作用のためか、指の動きがひどくぬめっこい。

「すごいよ。ほら、ヌルヌルだ」

突然、指が目の前に差し出されていた。中指が第二関節のあたりまで濡れて、ヌラヌラと光っていた。

「濡れやすいタイプなの？　それとも普段からこう？」

「やめて！」

田代の手を押えつける。が、一瞬早く、その手が明美の肩越しに回され、指の匂いを嗅《か》がれた。明美の中に羞恥《しゅうち》が一気にこみ上げてきた。

岡本と会う時も仕事先から直行する明美に、シャワーを浴《あ》びてくる余裕はない。バスルームで愛し合う楽しみのためでもあったが、今ここにいるのは田代という初対面の男なのだ。

汗や分泌物で湿った明美の秘部には、忌《い》まわしい臭気が籠《こも》っているはず。それを嗅がれているのだ。総毛立つほどの羞恥に襲われて、脚がワナワナと震《ふる》えた。

「いい匂いだ。これがキミのアソコの匂いか。奇麗で素敵なキミからは想像もつかないほど卑猥《ひわい》な匂いだよ」

「だめ！　お願い、シャワーを浴びさせて！　逃げる気はないわ。分かって！」

「オマ◯コの匂いを嗅がれるのがそんなに恥ずかしい？　僕としては、キミの臭いオマ◯コを舐《な》め回してみたいんだけどな」

田代の唇が卑《いや》しく歪《ゆが》んでいる。わざわざ四文字猥語を口にして、明美の羞恥を誘おうとしているらしい。明美は彼のそんな魂胆を嫌悪した。お人好しそうに見えた最初の印象とは、まるで違っている。

「ま、いっか。じゃあ僕はビールでも飲んで待ってるとするか」

「ごめんね」

矛《ほこ》を収めてくれたことにホッと胸を撫《な》で下ろす。振り向きざま、もう一度、窓から下を見やる。岡本の車はまだ停まっていた。

3

岡本と会う時は、身元が知れるようなものを一切持ち歩かないのが明美の習慣になっている。アクシデントが起こった場合を想定してのことだった。仮になんらかの事故に巻き込まれたとしても、素姓を知られなければ二人の関係がバレずに済む、というわけだ。岡本も同様で、それぞれに家庭を持つ二人が関係を続けていくためには、不可欠な慎重さだった。

それが皮肉にも功を奏した。明美はバッグを部屋に残したままバスルームに向かったが、仮に田代にバッグの中をチェックされたとしても身元が割れる心配はない。後々までつきまとわれる可能性は薄いと踏んだのだ。

「面白いものがあったよ。ほら、見てごらん」

タオルを巻きつけてバスルームから出た明美に、田代がカメラのような機材を向けてイタズラっぽく笑った。促《うなが》されるままテレビ画面に目をやる。タオルで裸身を覆《おお》った明美が画面に映し出されていた。

「きゃ！　いったいどういうこと⁉」

「ビデオカメラが備えつけられてたんだ。オートフォーカスだから、素人《しろうと》でもピントぴったりさ。これって、意外とマニア受けするんじゃない？」

田代がカメラを構えたまま近づいてくる。モニターと化したテレビに、明美の顔が鮮明に映し出された。

「やめて！　遊んでる場合じゃないでしょ！」

「そう言うなよ。ほら、接写機能もついてるんだぜ」

明美の腕が抱え上げられ、レンズの先端が舐めるように腋の下を這《は》い回した。画面に腋毛の剃《そ》り跡が大写しになる。セピア色に色素沈着して鳥肌立った皮膚。毛穴に点々と見える残り毛が妙に淫靡《いんび》だった。

「ここってさ、アソコそっくりだよな」

「もういいわ。やめてちょうだい」

「そうはいかないさ。もっと際《きわ》どい部分を大写しにしてやるよ」

ベッドに引きずり込まれ、タオルを剝《は》がされた。体の上に田代がのしかかり、唇が重なる。舌が差し込まれ、きつく吸われた。息苦しいほど濃密なキスだった。

「うぐ……だ……だめ……」

もがく明美の脳裏を岡本の顔がかすめた。彼はまだゲートの前に停車しているはずだった。そして、見知らぬ男に弄ばれている明美の姿を苛立ちながら想像しているはずだった。

でも……と明美は思った。元をただせば、明美を連れ戻さなかった岡本が悪いのだ。連れ戻すチャンスは何度もあったはず。それをしなかった岡本の慎重さが憎かった。愛しているぶんだけ、余計に憎かった。

田代の脚が明美の太腿に絡《から》みつく。股を大きく開かされた。

「ほら、見てごらんよ」

田代がニヤつきながら明美を促した。思わずテレビ画面に目をやる。息を呑んだ。淡い秘毛に縁取られた明美の秘部が画面いっぱいに広がっていたのだ。

縦割れの裂け目からはセピア色の肉ヒダが淫《みだ》らに顔を覗かせていた。ぽってり膨らんだ淫唇には毛穴まで見て取れる。自身の卑猥な部分を見せつけられて、明美の全身が羞恥にわななかいた。

「だめ……そんなイタズラしないで……」

「これってイケてるよ。普通に愛し合うよりよほど燃えてくる。ほら、よーく見てごらん。キミの持ち物って、こんなにスケベな形してるんだよ」

指で肉裂を広げられる。淫唇がベラーッと口を開け、よじれ合わさった肉ヒダも捲《めく》れて、その奥に赤みを帯びた粘膜が広がった。女液に潤んだ粘膜はテラテラと光っていた。

「いや！　見たくない。見たくないわ！」

両手で顔を覆ってイヤイヤと肩を揺さぶる。

「なに言ってるんだよ。あの卑猥な場所を、キミはこれからさんざんいじり回されるんだよ。舐め回されて、匂いを嗅がれて、指を突っ込まれて……。いや、もしかしたら、こっちもイタズラされちゃうかもしれないよ」

画面が尻の谷間にスライドし、谷底に薄褐色のすぼまりが露出した。

「だめ……だめだってば……」

肩を揺すりながらも、明美の中には妙な興奮が渦巻き始めていた。

画面に映っているのは、まさに岡本が今、想像している明美の姿なのだろうという思いだった。性器の色や形も、肛門の色や形も。そして見知らぬ男に弄ばれているというシチュエーションそのものも。

体が不意に火照《ほて》るのを感じた。いっそのこと、臆病な岡本を打ちのめしてやりたかった。明美を手放したことを、とことん後悔させてやりたかった。あたしを欲しがっている男はあなただけではないのよ……といわんばかりに。明美の中で何かが弾《はじ》けた。

「ねぇ、もっといじめて。いっぱいいやらしいことして！」

「へぇ、こりゃあ意外だな。嫌がってたくせに。どういう心境の変化だい？」

「余計なこと聞かないで。早くして！」

「いやらしいことって、どういうふうにすればいいのかな？」

リビングボードの上にカメラを置いて、田代がわざとらしく明美の顔を覗き込む。明美は開き直ったように答えた。

「だから、あたしのアソコをいじり回したりとか、舐めたりとか……」

「お尻の穴に指を突っ込んだりとか？」

「あん、早く！」

田代の頭を押さえて下腹部に引き寄せた。ズルッと生暖かい感触が肉裂に差し込まれ、粘膜をえぐられる。舌だった。

「あは……そこ……もっと舐めて……クリトリスも舐めて。もっとグショグショにして！」

叫びながらテレビ画面に目をやる。明美が悶《もだ》えている間も、リビングボードの上に置かれたカメラは二人の姿を的確にとらえ、テレビ画面に映し出している。高性能のオートフォーカス機能は、明美の顔や股間を鮮明に追っていた。

「すごいや。もうこんなにヌルヌルだ」

赤く充血した谷間をコネ回され、粘っこい音がヌチャヌチャと立ちのぼる。指が抜き取られる。透明の恥液がネットリと糸を引いて垂れ落ちた。

「いやーん、だってあたし、もうグショグショなんですもの。舐めて。もっと恥ずかしいことして！」

叫びながら俯《うつぶ》せに這い、尻を突き出した。脚を開かされる。秘密の部分が前も後ろもあらわになる。田代は明美の股間がカメラに向かうように、巧みにポジションを変えながら責めてきた。

バックから肉裂を裂かれた。ビラビラとよじれる肉ヒダが、その奥の赤く充血して濡れ光る膣穴が、引き攣《つ》るほど横位置に広がった肛門が次々に画面に映し出され、そこに舌が滑り込んだ。

「あふ……あん……気持ちいい……感じる……もっと……もっとぉ……」

明美が悶える。岡本へのメッセージだった。この声が聞こえれば、嫉妬に狂った岡本がきっと救出に来てくれるはず……そんな、祈りにも似た思いがあったのだ。

「へへ。俺、もう限界だよ。突っ込みたいよ。あんたのオマ◯コに、チ◯ポ、ブッ込みたいよ」

ハァハァと荒い息を吐《は》きながら田代が呻《うめ》く。

「ほら、すげーだろ?」

ズボンの前を開けて、田代が男根を取り出す。怒張した亀頭部はボクシングのグローブのように膨らみ、青筋張ったポールは天を突いてそそり立っていた。

ああ、岡本さん、早く来て! 祈る。だが、そんな明美をあざ笑うように、熱い衝撃が膣口を貫《つらぬ》いた。

テレビ画面には、膣液をまとわりつかせて出入りする男根が鮮明に映し出された。

4

「おい。面白いものが手に入ったぞ、明美」

その夜、夫の内藤は上機嫌で帰ってきた。

夫のマニアックな収集癖は今に始まったことではない。アダルトショップを徘徊《はいかい》して、愚にもつかない「大人のオモチャ」を仕入れてきては、せっせとため込んでいるらしい。今回もどうせそんな類《たぐ》いだろう。

「これさ」

一本のビデオテープが差し出された。「わななき」とワープロ打ちされただけの白い紙のタイトルが、いかにも「裏モノ」といった雰囲気を漂わせていた。

「不倫カップルが趣味で撮った本番ナマ録ビデオだってさ。最近は素人さんからの持ち込みも多いらしくてな。これもそのひとつだそうだ。女も美形だし、かなり生々しいって、ショップのオヤジがイチ押しさ。高かったんだぜ」

内藤が宝物でも扱うようにテープを撫で回している。明美は、夫のこんなノー天気さがたまらなくいやだった。

「んもう。いつもそんなこと言われて買わされて、まともな品物なんか、なにひとつなかったじゃない」

「今回のは違うよ。アソコのどアップもあるし、顔にもモザイクなんか入ってないってさ。一緒に見ようよ」

内藤の言葉に、明美の背筋にヒヤリとするものが走った。あの日の田代との痴戯を思い出したのだ。もしあの映像が録画されて売り出されたとしたら、男たちは飛びついて買うだろう。録画されていなくて良かった、と。

「あたし、夕食の支度があるの。見るんだったら一人で見てれば」

フンと鼻を鳴らしてキッチンに向かう。夫の酔狂《すいきょう》につき合うことより、その後の岡本の消息のほうが気がかりだった。

ホテルから出た時、岡本の車は、まだゲートの前に停められていた。明美がホテルにいる間中、ずっと待ち続けていたに違いない。

田代と肩を並べて出てきた明美は、振り向きざま、一瞬、岡本と視線が合ったような気がした。窓ガラス越しに見えた岡本の目には、嫉妬《しっと》と失望とが激しく燃えていたような気がする。

あれから半月たつが、彼からの連絡は途絶えたままである。

しびれを切らした明美が携帯に電話し、一度だけ会話したことがある。が、「さようなら。愛してたのに……」の一言で切られていた。あれは本意ではなかったのだと伝えたかったが、その余裕さえ与えてはくれなかった。

その後、何度もかけてみたが、電源を切られているらしく、音信不通のまま今日に至っている。

心が痛かった。仕事にも身が入らず、苛々して落ち着かない日々。だが、そんな素振りを夫に見せるわけにはいかなかった。あくまでも「夫だけを愛している妻」を演じ続けなければならないのだ。

岡本と会わなければ、もう不倫が発覚する恐怖に怯《おび》える必要はない。が、田代との一度限りの痴戯と引き換えに岡本を失ったとすれば、代償が大きすぎる……。

その田代とも、その後会ってはいない。会う気もない。ホテルからの帰り際、せめて電話番号を教えてくれと執拗《しつよう》にねだられたが、さらりとかわした明美だったのだ。

岡本に会いたい。無性に会いたい。会って、あの日のことを詫《わ》び、彼の胸で思い切り泣いてみたい。思いが募《つの》る。後悔が募る。

が、キッチンに立って唇を噛みしめている明美の耳に突然響いてきたのは、内藤の怒声だった。

「明美！　ちょっとこっちに来い！」

「だめよ。今、手が離せないの」

思いを中断された苛立ちで、明美は振り向きもせずに言った。

「とにかく来い！　早く！」

「んもう、どうしたっていうの？」

しぶしぶリビングに戻った明美に目もくれずに、内藤がテレビ画面を指さす。指先が震えていた。

つられて明美がテレビを見やる。青ざめた。見覚えのある光景がそこに展開されていたのだ。

見えている男の顔は、あの田代。その向こうで仰向けになって悶えている女は明美。その股間は大きく開かれ、捲れた肉ヒダの隙間《すきま》から、ヌラヌラと濡れ光る赤い粘膜が覗いていて、やがて俯せた明美の膣穴に男根が深々と突き刺さって……。

高性能のオートフォーカスが明美の顔と股間を鮮明に映し出している。ピントがあれほど鮮明でなければ、明美だと分からないものを、なんとお節介なオートフォーカス……。

明美がシャワーを浴びている隙に田代がテープをセットしたに違いない。身元はバレないはずという安心感から、田代を残してバスルームに向かったことを後悔した。ビデオカメラのチェックを怠《おこた》ったうかつさを悔いた。が、もう後の祭り。

「どういうことだ、明美。お前、こんな若い男と不倫を……」

内藤の唇が震えている。握った拳《こぶし》が震えている。

明美は悔しかった。岡本との関係が発覚するのなら本望である。むしろ開き直って、彼をいかに愛しているかを夫に聞かせてやりたい。なのに、よりによって、好きでもない男との戯《たわむ》れがビデオになってしまうとは……。

「ち、違うわ。これは不倫なんかじゃなくて、つまりその……ちょっとした腹いせというか……」

「腹いせ？　なんの腹いせだ？　言え！」

「誤解よ、人違いよ。だからつまり……」

しどろもどろになりながら、明美は破滅の足音をその耳で聞いていた。

巨乳淫視

北山悦史

著者・北山悦史《きたやまえつし》
一九四五年、北海道生まれ。山形大学中退ののち、一九八九年に第三回官能小説大賞を受賞。官能小説作家の他に気功師の肩書を持ち、その活躍は作品にも生かされている。『濡れる甘肌』『陰獣兄弟妹』などの著書は、サラリーマン層を中心に読者を拡大中である。

1

西山悦士《にしやまえつし》は机に向かって苦手の英作文に取り組んでいた。

すぐ左横には、ぬくぬくとしたソフトピンクのアンゴラセーターに豊満な肉体を包んだ家庭教師の若宮鮎美《わかみやあゆみ》がいる。

鮎美は有名私大英文科二年、二十歳。驚くべき巨乳の持ち主だが、とても二十歳には見えない童顔の美女だ。しっとりとした肌は抜けるように白い。

サラサラしたロングヘアがときおり丸い肩を滑《すべ》り、そのつどかぐわしい香りを悦士に届けてくる。

その妖《あや》しさにグラリとなりそうになる自分を必死に戒《いまし》め、悦士は一心に鉛筆を走らせていた。一年後の大学受験に備えてつけられた美人家庭教師は厳しいからだった。

鮎美が家庭教師として来るようになって三カ月。その間、定期試験が一回と模擬試験が二回。一向に成績は上がらない。

来た当初はやんわりとした笑顔で悦士に対していた鮎美が厳しい指導法に切り替えたのは、そんなわけでもあった。

みずからの不甲斐《ふがい》なさに、悦士も発奮した。が、悦士がしたのは英語の勉強そのものではなく、右脳開発だった。

アタマをよくするのには右脳を活性化するのがいいらしいと雑誌で知ったからだ。悦士は早速右脳開発のマニュアル本を買ってきて訓練を始めた。

脳の特定のポイントに意識を集中させる訓練が主の本だった。マニュアルに従って最初意識集中をしたポイントは視床下部《ししょうかぶ》。

英語は苦手だが、意識集中には向いている体質らしく、三日もすると頭の中心部が真っ白な火の玉のように輝くのが実感できるようになった。

その次に訓練したのが、第三の目といわれているポイントと視床下部との中間点。〝やる気〟の脳のあるところらしい。

そのポイントもすぐにまばゆく光るようになった。なんか、頭の中に球状星団があるみたいだ。とすると、頭が大宇宙ということになるのか。

大宇宙の中に自分がいて、その自分の中に大宇宙があって……という感覚が面白くて、悦士は授業中といわず、トイレでがんばっているときといわず、訓練に訓練を重ねた。

視床下部と右耳との中間点。そのラインの視床下部から三分の一のポイント。さらに右斜め上、四五度の方向、頭の表面までの四分の一のポイント……。

暗黒の頭の中に小さい球状星団がちりばめられる美しさと、一種恍惚《こうこつ》とした快感にひたりながら、悦士は次々とステップをこなしていった。

——と、ある朝、目が覚めたとき、世界が歪《ゆが》んでいた。見るもの見るもの、マガタマみたいに左に湾曲している。湾曲した鏡を覗《のぞ》くと、顔がマガタマ状に左に曲がって映っている。

平行な湾曲ではなかった。右から強く押されたために左側が膨《ふく》らんでいる感じだ。その理由を悟るのに時間はかからなかった。右脳の意識集中が強すぎたからに違いない。

幸い、生活には支障がなかった。その理由がわかったので、右脳の〝密度〟を低くするように意識すると、うまいぐあいにバランスは取れる。

しかし、そうしていないと、すぐにマガタマ世界になる。非常にマズイ。解決するためには、左脳を同じようにして活性化すればいいんじゃないか？

悦士は左脳活性化に努めた。意識集中はお手のものだ。今までの倍の球状星団が頭の中に展開し、そして狙《ねら》いどおり……と喜んだが、完全ではなかった。

左右の押し合いが強いからか、気を確かに持っていないと、凹《おう》レンズのように中央部がへこんだ見え方をするようになってしまった。上下は問題がないが、左右がきゅ～っとくびれてしまう。

そんな見え方になっても全然平気、ちっとも凹レンズふうに見えないのが、今、悦士の左側の椅子《いす》に腰掛けている美人家庭教師、若宮鮎美のボディだった。

2

豊満すぎる鮎美の胸は、〝凹レンズ視〟をしてもふっくらとしているのだった。抜けるように白い肌を見せた広いVネックの襟《えり》を妖しい裾野《すその》に張りつかせ、二つの肉の山がどーん！　と突き出している。

苦手の英作文をさせられながら、悦士は鮎美の胸を視野の端でこっそりと見た。勉強中だから見方は普通にしている。そのため、驚くべきボリュームの乳房は、視野の端でとらえているのに、全視界を占めそうな圧倒的な存在だ。

(九五センチのFカップってとこか)

ブラジャーのカップのサイズには全然くわしくないが、悦士はそんなことを思って、内心ウヒウヒと笑った。

来たばかりのころはやさしすぎるお姉さん先生のようだったのに、最近はビシビシやってくる鮎美の体をこっそり覗くのは、ひそやかな楽しみでもある。

と、普通の見え方にしている目に異常が生じた。頭の中でプチプチとはじけるポイントがある。二カ所だ。白金色に光っている。

そこに意識を持っていった。両目のまっすぐ奥、頭の中心部の、わずか後ろだ。視床というところだろう。

そこに意識を集めてみた。白金色の光が金色に移行した。それと同時に、色の見え方が変化した。ソフトピンクのセーターが淡《あわ》い淡い桜色になった。

（おーっ、これは！）

物が歪んで見えるようになって、その対処の仕方も体得し、たいていのことには驚かないと自信を持っていた悦士は、危なく叫び声を上げるところだった。

淡い桜色の中に、クリーム色っぽいものが見えるではないか。いや、それだけではない。真っ白いものも見える。

クリーム色に見えるものがブラジャーで、真っ白いのが、ブラジャーからあふれた乳房の色だとは、瞬時にわかった。今度は透視能力が備わったのだ。もう、英作文どころではない。

悦士は頭のそのポイントに意識を集中した。

クリーム色が薄らいだ。乳房の白さが際立《きわだ》った。その真ん中にポチッと、桜色のものが見える。

(おおっ、先生の乳首!)

美人で巨乳の女子大生先生の乳首が見えたとなると、もう完全に勉強そっちのけだ。もっと何かがどうにかならないかと、意識を集中しつづけた。胸はドキドキハラハラ、腹の奥が興奮でグルグル音を立てそうになっている。

予想もしない変化が生じた。桜色の乳首がわずかに色を濃くしたのだ。いや、予想しないというのはそのことではなかった。色が濃くなったその乳首が、ムクムクと大きくなりはじめたのだ。両方ともだ。

(え? なんだなんだ、どうしてだ?)

悦士は当の鮎美に訊《き》きたい思いになった。というのも、乳首の変化は通常のものとはとうてい考えられないものになったからだ。

乳首はじわりじわりと伸びつづけ、親指、丸ごと一本分にも相当する長さとなったのだ。こんな乳首、見たことない。

見え方が異常なせいかとも思い、悦士は同じ状態で机の上を見た。白いベールがかかったように、見えるものすべて薄らいで見えているが、大きさは普通だ。

ということは、親指大に伸びている乳首は〝原寸大〟ということになる。その巨大な乳首は、ただ伸びているというだけでなく、男のペニスそっくりに、ピン！　と直立している。

信じられないことがあるもんだ、と舌を巻いた悦士は、それをも上回る信じられなさに思わず飛び上がった。

「どうして……見るの……」

こっそりこっそりと見ていたのに、なんと鮎美がそう言ったからだった。

「え……何のことですか」

顔を鮎美に向け、そらとぼけて悦士は言った。が、心は凍りそうに緊張している。

「どうして、見るの」

鮎美がまた言った。怒った口調ではない。それどころか、困惑、このうえもないという切なげな表情だ。厳しくなってから、とんと見なくなったあどけなさもうかがえる。

「あの、何ですか」

とりあえずホッとして悦士は訊いた。肩からすーっと、緊張が抜けていった。

おっぱいを見たでしょうと、まだ高校生にも見えそうな、色白、ぽっちゃりとした丸顔、困惑を示す大きな瞳《ひとみ》に明るいピンクのルージュの鮎美が言う。

見てません、と悦士は嘘《うそ》をついた。そんなことは嘘に決まってる、と鮎美は顔をほのかに赤らめ、唇をとがらせて主張する。どうして嘘とわかるんですか、と悦士は問うた。

「おっぱいが……こんなになったからよ」

今にも涙をあふれさせそうにして、美人家庭教師は視線を胸に落とした。

「先生のおっぱいが……そんなになってるからって……どんなになってるか知りませんけど……それがどうして、ぼくが見たっていう証拠になるんですか」

悦士は戸惑いをあらわに食い下がった。

大きな瞳をうるうると揺らめかせ、鮎美は悦士をしばし見つめた。そして驚くべき過去を打ち明けた。

3

幼稚園年少組のとき、鮎美は牧場に連れていってもらった。そこで牛の乳搾《しぼ》りをしたのが忘れられない思い出になり、その後、毎年牧場に連れていってもらうようになった。

幼稚園のころは乳搾りをすること自体が楽しみだったが、小学校に上がってからは、乳牛の巨大な乳房に興味を持つようになった。大人の女の乳房を羨《うらや》ましく思うようになったのもそのころからだ。

（あんな大きいおっぱいになりたい）

自分の顔ぐらいもある女の乳房を見ると、そう思った。そうなりたいという願望が、時を忘れて乳牛の乳房に見とれる行為となった。

牧場に連れていってもらったときは薄桃色の巨大な乳房の感触を手のひらにしっかりと記憶させ、かつ、目に焼きつけて帰り、昼も夜も自分がそうなることを夢見た。

自分の乳首がういういしく色づき、胸に蕾《つぼみ》のような膨らみが出来はじめたのは小学四年の春だった。決して早すぎる成長ではなかった。が、成長しはじめてからが早かった。ちっぽけな蕾はあれよあれよというまに膨らみ、五年生の新学期を迎えるころにはブラジャーを着けないではいられないまでになった。新学期が始まったとき、五年生六学級で一番の乳房を持っているのを知った。

それは念願かなってのこと、鮎美にとっては誇りだった。バストは五年終了時で七九のBカップ。いわゆるデブではなく、胸郭そのものは大きくなかったから、かなりの乳房だった。

その後も乳房は目を見張る成長をつづけた。そのことはいいのだ。そうなってくれるよう、毎日祈ったのだから。しかし、願わぬことが身に起こるようになった。最初それを自覚したのは、中学に上がってすぐのことだった。

中学は公立だったが、当然、それまでは別の小学校に通っていた子たちがたくさん来た。群を抜く鮎美の胸は、男女に限らず、そういう子たちの目を引きつけずにはおかなかった。

（あ、なんか変……）

体の変化に気づき、鮎美は思わず胸を押さえた。ブラジャーがぱんと張っているのだ。乳房が急に膨らんでそうなっているのとはまた違った張り方だった。真ん中の部分が突っ張っているのだ。制服ごしに押さえた手に、二つの突起が感じられた。硬くなっていた。それ以上に、飛び出していた。

人に乳房を見られることでそうなるのを知るのに、さして時間はかからなかった。そして驚くべきことに、自分で触《さわ》ったりしても絶対そうはならない大きさに勃起するのも知った。

もちろん黙っていれば誰に気づかれることもない。勃起はすぐ、親指の半分ぐらいの長さになりはじめたが、柔らかい乳房にうまく埋《う》まってくれて、目立ちがちな夏でも、何とか知られずにすんだ。

ホルスタインのようなおっぱいが欲しい、という強すぎる思いがそんな結果をもたらしたのに違いないとは、ずっと前から感づいていた。だからといって、もう遅い。大きすぎる乳房が小さくなってくれることもない。

大人になったら変わるかも、と淡い希望をいだいて高校生になった。しかし、希望がかなえられることはなかった。逆に勃起はさらにエスカレートし、ほとんど親指の長さにまで伸張した。

さらに悪いことが起きるようになった。それまでは、誰かに胸を見られる結果として、乳首は勃起した。が、高校二年にもなると、それだけではなくなったのだ。

つまり、それまでは、見られてるという意識が肉体に働きかけていたようなのだが、肉体が勝手に反応するようになったのだ。たぶん、人の視線を肌がキャッチするようになったのだろう。

それが大学生になって、肉体の反応はさらにさらに変化を遂《と》げた。そうなってしまったら、あとが絶望的に困難……。

4

「何が絶望的に困難なんですか」

唖然《あぜん》とするおもいで聞いていた悦士は、ハッとわれに返って訊いた。

「……わかってるくせに……」

色白の顔をぽっと桜色に染め、鮎美は悦士をにらんだ。ドキッとする艶《なま》めかしさがある。厳しい家庭教師とは一八〇度の転換だ。

わかってるくせにと、すねるように言われても困ってしまう。事実、わからないのだから。それとも、体が高ぶってどうしようもなくなるのだから、どうにかしてくれ、とでもいうのだろうか。

しかし、それも困る。女性体験は、ない。生身のおっぱいに触ったこともないし、キスだってしたことはない。体験というと、せいぜい、満員電車で、偶然を装《よそお》ってお尻や胸にタッチすることぐらいだ。

「えー、べつに、ぼく……」

悦士は頭を掻《か》きながら顔をうつむけた。と、おおっ！と叫びそうになった。

ソフトピンクのセーターを着ている鮎美は、アイボリーピンクのミニスカートに黒のストッキング。悦士が目を釘づけにしたのは、むちっと肉の詰まった腿《もも》を三分の二も露出させているミニスカートの、中心部だった。

なんと、見えている！中が。見えているといっても、スカート、パンストをうっすらと透《す》けさせて、ショッキングピンクのショーツが見えているだけではない。

ショーツに押さえつけられて、もわもわととぐろを巻いたような秘毛が見えているだけでもない。その秘毛の下の、妖しすぎるというよりはエロスそのものみたいな秘唇が見えているだけでもない。

悦士が目を点にしているのは、桃色の秘唇からニョッキリと突き立っている、ペニスとしか形容できない肉の器官のせいだった。普通じゃないことは、女体を知らない悦士の目にも歴然としていた。

「わかってるくせに。悦士君ったら……」

恨《うら》みがましい目つきで悦士をにらみ、再度鮎美は言った。そのしぐさはいよいよ艶めいている。

「わかってるって……そ……それのことですか」

「悦士君のせいよ。あなたのせい」

「ぼくがわかってるって、どうして先生、わかるんですか」

「どうしてくれるの」

「……どうすればいいですか」

「もとに戻してくれるしかないじゃない」

「あのっ、どっ……どうやったらもとに戻るんですか」

「あなた、高校生でしょ。もうすぐ三年生でしょ」

「だけどぼく、女の人とキスとかも、したことないんです」

「……すれば？」

手にしていたテキストを机の上に置くと、鮎美はやや顔をかしげ、挑《いど》むように悦士を見て言った。艶《つや》やかなロングヘアが、サラサラと肩を滑《すべ》った。

「すればって……キスを、ですか」

「じゃ、何なの」

「キスしたら、先生、それ、もとに戻るんですか」

「わかんない」

もったりとした口調で鮎美は言い、明るいピンクの唇をわずかに突き出した。典型的なキスマークの形だ。

「わかんないって、そんな……じゃあ、どうしたらいいんですか」

狼狽《ろうばい》と照れで、悦士は頭を掻いた。逆に鮎美は冷たいくらい真剣な顔で言った。が、恐ろしいばかりの情熱が込められているのが感じられる。

「わかんないけど」

テキストを置いた鮎美の白い手が、悦士のブルーグレーのトレーナーシャツの腕に添えられた。

悦士はワナワナとおののいた。きわめて整った鮎美の顔が、ぼよ～んと膨張したり、ぐにゃぐにゃと歪んだりしている。

グッと息を詰め、意識を確かにした。わななきは止まらないが、鮎美の顔の歪みがもとに戻った。切ないぐらいにせがんでる顔だ。

悦士はそろそろと顔を近づけていった。息は止めている。なのに、花園みたいにいい香りがする。

口を近づけた。息なのか。花の蜜のような匂いがした。唇をちょっと突き出した。ぴと、っと接触した。が、接触したところが溶けていくような感じだ。押しつけた。ぷにゅ～っと合わさった。

「んふ……」

花の蜜の息が、左のほっぺたにかかった。

5

唇の接触は二秒ぐらいだったたか。それでも息苦しくて死にそうだ。悦士は唇を離した。

何か言わなくちゃ、と思った。ハアハアと荒い息をつきながら悦士は言った。

「もとに戻りましたか、先生」

「もとに戻ったかどうかわかるんでしょ？」

悦士の腕をぎゅっと握って鮎美が言った。さらなる何かを促《うなが》している。

「ぼくがわかるかどうか、どうして先生、わかるんですか」

「わかるの。そういうことには慣れっこになってるから」

その言葉に悦士はチラッと鮎美の下腹部を見た。全然もとに戻っていない。かえってニョッキリしたみたいだ。

「見ないで！」

叫ぶように言い、鮎美は爪が食い込むほど強く悦士の腕を握った。そしてわっと、胸に顔をうずめてきた。悦士は戸惑いの極に達し、ただオロオロするばかり。

よい香りのする髪をくしゃくしゃにして鮎美は顔を上に向け、

「苦しいの。見ないで」

「もう、見てませんけど」

「ウソ！　あたしのここのこと、思ってるくせして」

「思っては……います」

「見てることとおんなじなの。ねえ、悦士君、苦しい……」

ほんとに苦しそうに顔を歪めて鮎美は訴えた。

「……触って……お願い……」

「さっ……触ったら、治るんですか」

意識、朦朧《もうろう》となっていきそうになりながら悦士は訊いた。

「男の人と、おんなじ」

今にも椅子から落ちそうにして悦士の胸にすがり、鮎美は言った。

「男と同じ」というのは、射精すれば男は治まるということを指しているのだろう。しかし、鮎美は女だ。まさか射精のような現象が起きるわけではないだろう。

「触ってみて。ね？　ね？」

鮎美は立ち上がると悦士の手を引っ張った。机と反対側にあるベッドに誘うつもりのようだ。

（おふくろ、来たりしたらどうする？）

そうは思った悦士だったが、切羽つまった顔で手を引っ張っていく鮎美に抵抗することもできなかった。

「あたし、じっとしてる。だから、ね？」

そう言って鮎美はベッドに仰向《あおむ》けになった。黒いストッキングに包まれたむちっと肉づいた腿は半開き、というところだ。ミニスカートの裾《すそ》はずり上がり、黒いメッシュの下のショッキングピンクのショーツをくっきりと見せている。

その下でニョッキリとそそり立っている信じられない大きさのクリトリスも、むろん悦士の目には見えている。どう触ったらいいのだろう。

「スカートの上からですか」

「ううん。そんなんじゃダメ」

サラサラの髪を扇形に広げ、潤んだ瞳で鮎美は言った。じかに触らないと効果がないと訴えている。

「脱いで……ですか」

「ねえ……早く……苦しいの」

形のよい唇の中にチラリチラリと白い歯を見せてせがむ鮎美にあらがうすべとてなく、悦士はスカートを脱がした。

濃い編み目の黒いパンストの局部は、高々と盛り上がっている。そしてその恥骨の山の下に、指を突き立てたようにクリトリスがそそり立っている。

悦士はパンストを引き上げた。目にもまばゆいショッキングピンクのショーツを透かして、薄桃色のプラスチックみたいに女のペニスが見えている。

指先をわななかせて悦士はショーツを剝《む》き下ろした。真っ白い肌に、秘毛があわあわと展開している。毛むらから肉色の器官が屹立《きつりつ》している。ねっとりとからみつくような匂いを感じた。

（あっ……）

と、声を上げそうになった。そそり立ったクリトリスの下のわれめに、白い液体が糸状に滲《にじ》み出している。まるで牛乳のようだ。

クリトリスの下側、ペニスでいえば裏側に当たるところを見て、驚いた。女性器の構造は知識としてしか知らないが、そこは液体は出ないはずだ。

ところが出ているのだった。どこからどういうふうに出ているのか、見定めることはできない。が、クリトリスから出ているとしか思えない出方で、裏側が白く濡《ぬ》れている。

ゴクゴクと喉《のど》が音をたてた。気がつくと顔を近づけていた。今にも口をつけそうになっている。

（触ってくれって言ってるんだから）

顔を離そうとするより早く、鮎美が肩をつかんできた。そして叫ぶように言った。

「吸って！」

「吸うんですか。触ってくれとか、先生、言ってましたけど」

しゃべっている途中で、悦士は恍惚となった。

自然に息を吸い込んでいて、ミルクみたいな甘ったるさと、男の体には決して存在しない酸《す》っぱみの強い匂いとの渾然《こんぜん》一体となった秘臭を吸ったからだった。

そのとき初めて悦士は、猛烈に勃起しているのを知った。ドックンドックンと、腹部一帯に響く脈動を感じた。

「吸って。飲んで！」

苦しげに鮎美は訴えた。「飲む」と聞いて悦士は、目のすぐ下の白い液体の意味がわかったような気がした。

鮎美の性器は、搾らないではすまされない状態の乳牛の乳房と同じなのだ。自分からは、滲み出させることしかできない。だから、搾ってもらうしかないのだ。搾るということは、吸うということだ。

願われたその行為をするためには、しかし、開脚が不十分だった。悦士はパンストとショーツを引き抜いた。自由を得た生き物のように、透明感この上もない白い脚が、みずから角度を広げた。

6

悦士はそそり立った肉茎に口をつけた。しこりきった肉の筒《つつ》がピクピクッと震《ふる》えた。

むっちりと肉づいた腿を痙攣《けいれん》させ、鮎美が頭をまさぐってきた。

「ひぃぃっ……」

（もっと強くやって！）

そう哀訴している。悦士はすすった。

おお、どうだ！　どこからほとばしっているのか、チュチューッと唇の内側を液体が打った。糸のように細い線が何本も感じられる。

んくっ、んくっ、んくっと、リズムをつけて吸った。そのつど、チュチュッ、チューチューと、小気味《こきみ》よいほとばしりが唇粘膜を打つ。

たちどころに口の中がいっぱいになった。ゴクッと飲み干した。口の内圧が下がった。

クリトリスがぷるぷるっと反応して伸びた。

「ひぃぃっ……！」

腿の痙攣を烈《はげ》しくし、そればかりでなく鮎美は腰を波打たせた。突き上げとリズムを同じくして、液体が噴出した。

恐ろしく熱いのを、悦士は知った。そして、甘い。脂肪に富んだ、こってりとした甘さだ。

「こっちも吸って」

悦士の頭から手を離して鮎美が身を悶《もだ》えさせた。顔を上げて見ると、鮎美はセーターをたくし上げ、レモンイエローのブラジャーをめくり返している。

巨大な柔肉が現われた。今しゃぶったクリトリスの三倍は優にある乳首がビーン、ビーンとそそり立っている。両方とも白い液体が滲み出していて、ぬめぬめと光っている。

「こっちはもういいんですか」

性器のことを言った。

「まだ。ダメ」

「…………」

「悦士君も脱いで。して。ねえ、お願い」

「して」というのはセックスのことだろう。してやりたいのは山々だが、経験がない。うまくやれるものかどうかわからない。が、とにかく悦士は下半身、裸になった。

「早く吸って。搾って!」

搾乳を待ち焦《こ》がれる乳牛のように鮎美が叫んだ。

セックスは後回しと、悦士は巨乳におおいかぶさっていった。左の乳房に右手の指をうずめ、右の乳首を口に含んだ。

吸うまでもなく、チュチューッと熱い体液がほとばしってきた。右手の指がぬるぬるした。こっちの乳首からもミルクがあふれている。

甘い体液を飲み込んだ口を、左の乳首に移した。ああ、ああと喘《あえ》ぎながら鮎美は身をくねらせている。鮎美の両手は悦士の腰にかかっていた。

猛烈な快感が悦士を襲った。あるのは快感と腰の痺《しび》れだけ。あと、何がどうなっているのか、肉体のほかの感覚はまるでない。

「吸って吸って、吸って。あああ……！」

うねうねと鮎美が身悶えした。セックスしてるのだろうか。ペニスははまっているのだろうか。わからない。鮎美の一方の手が悦士の頭にかかった。思いきり引きつけられた。

巨大な柔肉に顔がすっかり埋《う》もれた。しこった乳首は喉の近くにまで届いている。息ができない。呼吸を確保するために顔を浮かそうとした。その瞬間、ビビビッ！　と腰が痙攣した。熱湯のような感覚が全身に広がった。

暗い頭の中に白金色の球状星団がちりばめられた。頭の芯《しん》がまばゆく発光した。体が溶けていく。何かに融合していく……。

突然視野が明るくなった。初夏のような爽《さわ》やかな空気を感じた。どこかで見た光景だ。目の前に乳白色の風船がぶら下がっている。いや、乳牛の乳房だ。ここは牧場だ。

「おっきいおっぱい。あたしもこんなおっぱい、ほしいなー」

巨大な乳房に手を伸ばしている自分と同じ年頃の女の子が、こっちを振り向き、輝く笑顔を送ってきた。笑顔を返し、コックリとうなずいた――。

蜜色の周期

北原双治

著者・北原《きたはら》双治《そうじ》

一九五〇年、北海道生まれ。書店員、週刊誌の契約ライターなどの職業を経て、一九八四年より官能小説を書き始める。武術にも造詣が深いところを生《い》かし、時代伝奇小説も手がけ、幅広い作風で知られる。奇妙な人間関係の中に官能性を見出す作品群には定評がある。

1

顔を合わせるなり、女は緩《ゆる》やかに口許《くちもと》を綻《ほころ》ばせ白い歯を覗《のぞ》かせながら、片手をスリットスカートの切れ目の中へ潜《くぐ》らせていた。

「やっぱり、あなただったんですか。電話の声だけじゃあ、判別つかなくて。おれ、……」

「二時間しか、ないの。真矢《しんや》を、母にあずけてきちゃったから。だから、……」

彼の言葉を遮《さえぎ》るように言い、スリットの中へ潜らせていた片手をうごめかせる。

錦糸町《きんしちょう》駅の売店の脇であり、平沼良一《ひらぬまりょういち》はたじろぎを覚え、おもわず周囲へ目を向ける。

そんな彼を気にすることなく、スカートの中から抜いた片手を、彼女が静かに差し出す。

黒のニットの袖口から覗いた手首の内側に、数本の切り傷の跡があるのが真っ先に目に入る。

〈そうだったんだよな、……しかし、いまさらビビるわけにはいかんぜ〉

回転寿司のカウンター越しに目にしたときに感じたわけありの女ということを思い出

し、平沼は自身へ言い聞かせるとともに、彼女の行動の全てを納得しようとした。

彼のおもいを肯定するようにうなずき、女が差し出した手をかざしてくる。細身の彼女に相応《ふさわ》しいしなやかな女性らしい手で、指も適度に長い。その指先が、透明なオイルをまぶしたみたいに、濡《ぬ》れ光っている。

まさかとはおもったものの、自らのスカートの中へ潜らせていたばかりの手であり、それがなにを示しているかは明白だろう。

平沼は指先へ目を釘付けにされたまま、言葉を失っていた。

その指を、彼女が匂いを嗅《か》いでちょうだいといったふうに、彼の鼻先へもってくる。

棒立ちになったままの彼の鼻腔《びこう》へ、微《かす》かな女体の匂いが漂う。

「ね、いいでしょう」

妖《あや》しく光る瞳《ひとみ》を向け、彼女が訊《き》いてくる。

三歳の息子の真矢を彼女の母親へあずけて来たので、時間がないと告げられている。このまま、ホテルへ直行して欲しいという意味だろう。

「い、いいのかい」

喉《のど》に絡《から》まった声で訊いた彼へ微笑《ほほえ》み、当然といったふうに彼女が腕を絡めてくる。

ラブソファへ腰を下ろす間もなく、新田清恵《にったきよえ》がオリーブ色のスカートの裾《すそ》を両手でたくしあげていく。

妖しく輝く瞳を、彼へ向けたままでだ。

顔を合わせたのも二回目で、彼女の名前を来る途中で教えられたばかりという〝仲〟でしかない新田清恵の唐突な行為にも、もう平沼は驚かなかった。

スカートが腰まで捲《まく》られ、彼女の下半身が晒《さら》される。

やはり、彼女は下着を着けておらず、白い肌に黒々と繁った陰毛が、覗いていた。それを見やりながら、平沼は余裕をみせるようにソファへゆっくりと腰を下ろした。

新田清恵が脚を開き、吐息を洩《も》らす。

彼の目の高さに下腹が晒され、醸《かも》し出される匂いが感じられるような間近に、女性器が覗いていた。

「してぇ、……好きなように」

「う、うん。すごいね、……もっと、見えるようにして欲しいな」

喘《あえ》ぐように言う彼女へ、声を上擦《うわず》らせながらも平沼は鷹揚《おうよう》に言い放った。

新田清恵がフロアに跪《ひざまず》き、そのままゆっくりと向きを変える。

そして、彼へ尻を向け床へ上体を伏せる。

平沼は迷うことなく、今度は自分の手で彼女のスカートを捲り、尻を露出させた。

新田清恵が膝《ひざ》を拡げ、尻を迫《せ》り出してくる。

華奢《きゃしゃ》な体だとおもっていたが、尻は意外に大きく分厚《ぶあつ》い脂肪に包まれ豊かに盛り上がっていた。

晒された尻の谷間に、肉厚の膨《ふく》らみにかたどられた女性器が露《あらわ》になる。その柔肉から僅《わず》かに覗いた小陰唇が薄く口を開け、潤みに濡れた粘膜を晒していた。

「どお、……これでいいかしら」

「うん、……いや、もっと見えるように、指で拡げるんだ」

くぐもった彼女の声に触発され、平沼は優位な立場を誇示するように命じていた。

ためらう素振りもみせず、新田清恵が片手を股間に伸ばし、自らの女性器を二指で開く。

鮮やかな色の粘膜が拡がり、溢《あふ》れ出た蜜液が彼女の指を濡らす。

ほどなく、淫奔な女体の匂いが彼の鼻腔へ拡がる。

添えられた指の間から、尖《とが》ったクリトリスが息づくように揺らぎ露出していた。

キスはおろか愛撫一つしていないのに、もう完全にでき上がっているといった感じで、平沼は息苦しいほどの昂《たかま》りに包まれていた。

むろん、ズボンの中で彼のペニスは激しく硬直している。

「トロトロになっているでしょう、……ねえ、焦《じ》らさないでちょうだい」

「そんなつもりは、……そうか、欲しいのか。しかし、奥さんのような奇麗なひとが、信じられんなあ。うん」

焦らす気など少しもないばかりか、まだ部屋へ入ってから数分しか経《た》っていないだろう。

色白の美しい顔立ちをしており、好色というか肉欲に飢《う》えた女の印象など、彼女は微塵《みじん》も感じさせない容貌をしている。

しかも、人妻とはいえまだ彼女は二十七歳だ。三十代後半かなにかの人妻なら理解できなくもないが、平沼が描く飢えた女のイメージとは掛け離れていた。

戸惑う彼にかまわず、新田清恵が向きを変え、彼の股間へ顔を入れてくる。

すぐに前ジッパーが下ろされ、彼女の手で勃起したペニスが引っ張り出される。

「ガチガチじゃあない。ああ、すごいわ」

握ったペニスを深く口へ含み、ねっとりと舌を絡ませてくる。

それも束の間、頬張ったペニスを放し、再び彼女が尻を向けよつんばいになる。

「やって、……」

尻を揺らしながら、新田清恵が乞《こ》うてくる。

その尻を両手で抱えると、平沼は背後から硬直したペニスで貫《つらぬ》いていった。

「あぅっ、……つつーぅ」

頭を撥《は》ね上げ、新田清恵が声を震《ふる》わせる。

ペニスは根元まで没し、熱く火照《ほて》る肉襞《にくひだ》に包まれていた。

「突いてっ、……メチャメチャにして欲しいの。あぁーぅ、えぐって」

声を唸《うな》らせながら言い、新田清恵が尻を前後に弾《はず》ませてくる。

彼も呻《うめ》きながら、抜き差しを加えた。

分厚い尻が揺れる度に、蜜液が溢れペニスを伝い滴《したた》り落ちる。

同時に、肉襞が纏《まと》いつきペニスを狭窄《きょうさく》してくる。たまらず平沼は呻き、彼女の尻を引きつけると、腰を密着させた。

「あぁぅ、……もっと、えぐって」

叫びながらなおも尻を弾ませてくる彼女の背にのしかかると、平沼は体重を浴《あ》びせそのまま床へ押し潰《つぶ》していた。

「ぐっ、アアーぅ」

低く呻き、新田清恵が尻を震わせる。

同時にペニスが捩《ねじ》られ、平沼は抗《あらが》う間もなく射液させられていた。

2

「まだ、三時前だわ。よかったあ、ふふっ」

時計を見やりながら、彼女が言う。

刻限の四時まで充分にあり、もっとできるという意味だろう。

シャワーを浴びた後で、二人とも全裸のままだった。その姿でラブソファに並んで座り、缶紅茶で喉を潤《うるお》していた。

「どうかなあ、年だからね。ま、少し休ませてもらえれば、……」

苦笑しながら答えたものの、平沼は回復できる自信があった。

妻の暁子《あきこ》はむろんのこと、他の女では適《かな》わぬかもしれないが、新田清恵が相手なら、いくらでも可能なような気がした。

それを見抜いたように、彼女がペニスへ手を伸ばしてくる。

「休憩は十五分だけ、よ。ふふっ、だって、いっぱいしてもらいたいこと、あるんだもの。時間が、もったいないわ。でも、こういう女って、嫌われちゃうかしら」

「いや、……そんなことない」

「ほんとう、……平沼さん、ビビってるんじゃあない」

不安顔で訊《き》いてきたものの、それとは裏腹に彼女の指はペニスを刺激していた。

「ちょっと、驚いているだけだ。こんなことって、信じられないから、さ」

「あらっ、どうして。いっぱい、女遊びをしてるんでしょう。声を聞いただけじゃあ、どの女か分からないくらいに、ね」

「そんなことないって、……」

真顔で言った彼に瞳でうなずき、新田清恵が股間へ顔を埋《う》めてくる。

柔らかなペニスが、すぐに温かな彼女の口へすっぽりと含まれる。

平沼は染めていない彼女の黒髪を撫《な》ぜながら、満ち足りた顔でソファの背凭《もた》れへ寄り掛かかった。

彼女が深川《ふかがわ》にある平沼が勤める回転寿司へやってきたのは、二週間ほど前だった。実母と真矢という息子が、一緒だった。

三時過ぎという中途半端な時間で、他に客はなく、ちょうどチーフも奥へ入っており、カウンターの中には彼だけしか居なかった。

それをいいことに、平沼は大トロを彼女の百円皿に奮発しまくったのだ。

店に勤め出して、まだ二箇月しか経っていなかったが、次の職がみつかるまでのバイトと割り切っており、根っからの寿司職人ではない。そんな気楽さが手伝い、客への独断でのサービスを実施していた。客が喜ぶ顔を見ると、癒《いや》される。殊《こと》に、若い女性客に感謝されるのは気持ちがいい。

それまで二十年も勤務していた繊維メーカーが業務縮小となり、リストラされ退職を余儀無くされたのだ。おもうように就職先がみつからず、妻の暁子に疎《うと》んじられるようになり、なんでもいいから働いてと煩《うるさ》く言われ、彼は落ち込むばかりだった。

そんなおり、寿司ロボットを導入している回転寿司店の求人案内を目にした暁子に勧められ、渋々ながら面接を受けると、タイミングが良かったのか、あっさり採用された。むろん、職人としての修業などなく、ロボットが握ったシャリにネタを載《の》せるだけでよく、まさに誰にでもできる仕事だった。

そんな経緯があり、どうせ働くなら楽しくと心掛けた。それが、これはとおもった客への勝手なネタのサービスだった。

そんな彼のバイト先へ、新田清恵が実母と息子の三人で現われたのだ。美貌もそうだが、彼女の左手首の傷跡を目にし、妙に心を動かされた。一目で刃物のそれと判《わか》る幾本もの傷で、こういう女性は癒してやらなければと、密《ひそ》かに息ごんだ。

むろん、カウンセラーでもなければ、心理学なども心得ていない。彼ができるのは大トロのサービスであり、それ以上のことは何一つできないし、ただ彼女に喜んでもらえればという、単純なものだった。だから、なんの見返りも魂胆もなく、次に来店したときの笑顔を期待しただけだった。

その新田清恵から、数日後に突如として店へ電話が入ったのだ。

彼のつけていた名札を見て、彼の名前を知ったらしい。

妻からの電話とばかりおもった彼の耳に、若い女性の声が響く。そして、訝《いぶか》しがる彼へ「付き合ってください。お話ししながら食事でも、したいんですけど……」と、いきなりテレフォン・クラブかなにかの感覚みたいに、交際を申し込んできたのだ。

しかも、客として店へ行ったことがあり、会えば分かりますというばかりで、名前すら教えてくれない。そんな一方的な交際申し込みに、不審を覚えたものの、相手は若い女性であり、悪い気はしなかった。いや、なんであれ、こんなふうに女性から誘われたことなど彼にはなく、心が躍《おど》った。

そして、乞われるままに応諾し、休みをとって平沼は指定された平日の午後に、錦糸町駅の売店脇へ出向き、彼女と落ち合ったわけだ。

その新田清恵が、いま彼の傍《かたわ》らで全裸で座り、ペニスを口に含み舌を蠢《うごめ》かせて奉仕している。

すでに、着衣のまま背後から貫き彼女と性交した後とはいえ、平沼には夢現《ゆめうつつ》の出来事のようで、いまだに信じがたいおもいだった。

電話で言われたようにレストランかなにかで食事をし、お話をする。それだけしか、考えていなかった。いや、確かにひょっとしたらという、仄《ほの》かな期待を男として抱いてもいた。だが、それは何回かの食事を共にしたあとの、ずっと先のことであるとおもっていた。

二人の出会いの経緯からして、そう考えるのが当然だろう。しかも、相手は人妻であり彼よりも一回りも年下の若い女性だ。

そんな彼女が、年配のバイト〝職人〟に過ぎない男へ、好意を寄せるなど考えられない。板前の粋《いき》な風情《ふぜい》など皆無であり、髪型もサラリーマン当時のままだ。若い女に惚《ほ》れられる要素など、客観的に判断しても見当たらないのだ。

ソファで彼女の奉仕を受けながら、それらの経緯におもいを巡らせていたとき、不意に新田清恵が顔をあげる。

「強く、握って。千切《ちぎ》れるくらいに、いじって」

彼の手を摑《つか》み自身の乳房へ添えると、真顔で新田清恵が言う。

「ん、……いいのかよお」

「かまわないわ、……お尻も、あそこもギュウっと、やって欲しいの」

切なげな声で乞うてくる彼女に、平沼は小振りの乳房へ添えたままの手に力を込めた。

新田清恵が呻き、唇を震わせる。

「もっと、強く。……平気よ。ああ」

おもわず怯《ひる》みを見せた彼をうながし、もう一方の彼の手を摑み乳房へ添える。

平沼は双の乳房を両手で捉え、重量挙げの選手のように肘《ひじ》を曲げ持ち上げた。

新田清恵が身悶えし、顔を歪《ゆが》める。

さらに鷲摑《わしづか》んだ乳房へ力を込めると、跪いていた彼女の体が浮き中腰になる。その開いた太股から透明な液が滴る。

「感じるのかよお、……」

勃起した乳首を指で摘《つま》み、乱暴に捻《ひね》る。

新田清恵が声を喘がせ、下腹を震わせる。それを目にし、異様な昂りが彼を包む。平沼は膝立ちになった彼女の尻へ両腕を回し、弾力のあるそれを鷲摑み、揺すった。

「クハ～ううっ、……あぁぅ、すごい」

白い肌が見る間に染まり、呻く新田清恵の唇から涎《よだれ》が糸を引いて垂《た》れ落ちる。

それに鼓舞されたように、平沼は両手を前へ戻し、彼女の股間へ潜らせ小陰唇を摑んだ。

そのまま二枚の肉びらを、引っ張る。

薄膜となって伸びたそれが滑《すべ》り、ゴムのように弾《はじ》けた刹那《せつな》、新田清恵の狭間から飛沫が迸《ほとばし》る。

失禁とともにエクスタシーへ達したのか、がくがく体を揺らしながら、彼女は仰向けに床へ崩れ落ちる。

「いったのかい、……」

「ああ、……痺《しび》れてるぅ。すごいのぉ」

彼を求めるように、新田清恵が陶酔した顔で、両手を宙に揺らがせる。

平沼はのしかかり荒々しく体を繋《つな》ぐと、硬直したペニスを激しく彼女の膣襞の中へ突き立てていた。

3

彼女が再び回転寿司へやって来たのは、二週間後だった。

にこやかに微笑《ほほえ》み椅子《いす》に腰を下ろした彼女へ、笑顔で応《こた》えたものの、すぐに平沼は顔を強張《こわば》らせていた。

やはり三人連れだったが、息子の真矢を抱え椅子へ座らせたのは実母ではなく、ジーンズ姿の男だったからだ。

彼女の夫に、違いない。

〈な、なんでだよ。……〉

たじろぐ一方で、平沼は愕然《がくぜん》としたおもいに陥《おちい》っていた。

期待した彼女からの連絡もなかったばかりか、こうやって親子三人で現われたからには、もう新田清恵との密会、あのめくるめく性交は適わぬと、おもったからだ。

でなければ、夫など伴って現われたりはしないだろう。男であれ女であれ、浮気相手を自分のパートナーへ引き合わせるなど、普通はしない。

つまり、彼との淫蕩《いんとう》な交わりは一回だけでお終《しま》いである。そのことを彼へ知らせるために、わざわざ夫を連れてきたに違いない。

そして、家族の、夫婦の仲の良さを見せ、浮気相手である男へ、無言の訣別を示す。

そんなふうに魂胆しての、夫の同伴だろう。

しかも、男はなかなかの美男子で、彼女のパートナーに相応しい容貌をしている。上背も、彼よりもありそうだ。

そんな夫を持つ彼女が何故《なぜ》というおもいは拭《ぬぐ》えなかったが、平沼は悔しさを堪え、承知しましたとばかり、彼女へ背を向け盛りつけ作業に没頭した。

それでも、楽しそうに夫と会話する彼女の声が、耳に届く。しかも、律夫《りつお》さんと、彼女は夫をさんづけで呼んでいるのが分かり、平沼は立場も忘れ、嫉妬《しっと》心を募《つの》らせずにはいられなかった。

そして、チーフの目を掠《かす》めてまで、大トロのサービスなど、絶対にしてやらないと自身へ言い聞かせた。

不意に、彼の名前を呼ばれ振り返ると、新田律夫が真顔を向けていた。

「なんでしょうか、……」

「どこかで、お会いしたような気がするんですけど、……」

「はあ、……」

「いや、……違うな」

「やあね、失礼だわよ。あの、気にしないでください。このひと、誰にでもそう言うの。困っちゃうわよ、ね」

夫をとがめ、新田清恵が執《と》り成《な》すように微笑みを彼へ向ける。

そして、さりげなくおしぼりを彼の方へ押し出してくる。

訝しくおもいながら目を向けると、クリーム色の紙が挟まれている。そのおしぼりを、如才《じょさい》無く片づけるように手にすると、平沼はまだ真顔を向けている夫へ会釈し、盛りつけ作業にとりかかった。


翌々日、平沼は先日と同じホテルへ、彼女とともに待ち合わせ場所から直行していた。

むろん、新田清恵から渡されたおしぼりの中へくるまれていたメモに従っての、密会だった。


「しかし、きみも大胆なことをするなあ。ご主人、気付いてるのと、違うかい」

部屋へ入り求めてきた彼女とキスを交わしたあと、ずっと気になっていたことを平沼は訊いてみた。

「多分ね、……でも、平気よ」

「おいおい、マジかよお」

「気にしないでよ、そんなことお。脅《おび》えていたら、女なんて抱けないでしょう」

「そうだけど、……」

「脱がせてあげるわ、するんでしょう」

「もちろんだよ、……」

背後に廻った新田清恵が子供へするみたいに腕を前へまわし、彼のベルトの金具を外す。

妙なことをするなとおもいながらも、平沼は突っ立ったままで、上着を脱いだ。ズボンと一緒に、トランクスを膝下まで下げられる。そのまま、彼女の手が尻を押し開く。

「なんだよ、そんなとこを見てどうするんだあ。やめてくれよ、……」

足首からズボンを抜き腰をひねろうとした刹那、温かな息が尻たぶにかかりぬめった舌が尻穴へ添えられていた。

予期せぬ彼女の行為に、おもわず平沼は声を洩らし上体をぶらす。彼女の手が尻たぶを鷲摑み、さらに拡げる。舌が蠢き、尻穴を舐《な》めてくる。

それだけで、ペニスが鋭く硬直していた。

「す、すごいこと、するなあ」

「気持ち、いいでしょう」

「強烈だよ、ビンビンになったぜ」

「あら、初めてってわけ。してくれないのぉ、奥さん」

硬度を確かめるようにペニスを握りながら、新田清恵が嬉《うれ》しそうな声で訊いてくる。

「いや、うん。……」

返事を濁したものの、むろん女に尻穴を舐めてもらったことは初めてではなかった。

だが、快感の度合というか、衝撃度が違った。新田清恵のような女性が、彼の尻穴を舐めてくれるという意識が、刺激感を倍加させたに、違いない。素人の、しかも男に清楚なイメージを与える人妻が自ら、男の尻穴へ舌を這《は》わせてきたのだ。そのギャップが、刺激を増幅させ、異常興奮に駆り立てたはずだ。

「いくらでも、ふやけるくらいに、舐めてあげてもいいわよ。ふふっ」

例の妖しげな瞳を輝かせ、新田清恵がシャツのボタンを外しながら言う。

「う、うん。しかし、この前とは違うね」

「そお、どんなバージョンでも、対応できる女なの」

真顔で言い、新田清恵がベッドへ向かう。

そのまま、歩きながらニットスカートを脱ぎ捨て、黒のパンティをずりさげる。歩きながら、だ。そうやって、ベッドへつくまでに身につけている物を放り、彼女は全裸になっていた。

4

ベッドへ俯《うつぶ》せになり尻を浮かせた新田清恵のアヌスは、奇麗な窄《すぼ》みをつくっていた。平沼は躊躇《ためら》うことなく、彼女の尻穴へ舌を這わせた。時間を節約するために、家でシャワーを浴びてきたのだろう。その部分は匂いも味も、感じなかった。

だが、彼の舌がうねりだすとともに、あの馨《かぐわ》しい女体の香りが、鼻腔へ拡がってくる。女性器は蜜を溢れさせ、卑猥な口を開けていた。

その濡れ肉へ、指を潜らせる。

新田清恵の短い声とともに、彼女の尻たぶがぶれ、晒されていたアヌスが窄まる。それを目にし、それまで突っ伏したままの女の背後から、指を挿《さ》し入れたことがなかったことに、はじめて気付く。

同時に、なぜかカウンター越しに真顔を向けてきた彼女の夫の顔が脳裏に浮かび、平沼は駆り立てられた。蹂躙《じゅうりん》するように、挿し入れた指を動かし、膣襞を擦《こす》った。蕩《とろ》けてしまいそうな感触が、その指から伝わってくる。

声を洩らし続けるだけで、先日のように彼女は乞うてこない。突っ伏したまま、されるままに身を委《ゆだ》ねている。だが、溢れ出た潤みは彼の掌《てのひら》まで濡らし、その部分は指を動かす度《たび》に湿った卑猥な音をあげていた。

新田清恵の内部を探るように指をつかい、存分に弄《いじく》りまわした。そして、平沼は彼女の体を仰向けにし、体を正常位で繋いだ。

下から背へ腕を回してくる彼女の唇へ、蜜液で濡れた指を擦る。新田清恵が喘ぎ、自ら指を口へ含み舌を絡ませてくる。

さらに昂りが、増す。それを抑えるように、乳房へ顔をずらし乳首を口へ含んだ。

「ね、バックでやって」

「ん、……やっぱり、バックが一番感じるんだ」

「そお、……後ろの穴へ、入れてもいいわ」

体を起こした彼女が、よつんばいになりながら言う。

「すごいなあ。しかし、……いいのかい」

夫の顔が脳裏へ浮かんだが、気が咎《とが》めることはなかった。

それよりも、彼が戸惑いを覚えたのは、二回の密会で、こんなに発展していいのかという不安だった。これまでの経緯からして、手順を踏む必要のない女性であることは承知しているが、アナル性交までやっては、その先がないような気がした。何回も密会を重ね、変則で淫蕩な交わりを続け、徐々にエスカレートしていく。そんなふうに、平沼は考えていたのだ。それが、いきなりアナル性交まで進んでは、一つの極《きわ》みに達してしまうだろう。彼の裡《うち》では、それを上回る性戯など考えられなかった。たぶん、新田清恵にとっても、同じだろう。そうなれば、彼女の期待感は薄れ惰性的な密会でしかなくなるだろう。むろん、彼は常に新鮮さを伴う逢引となることには、自信があった。だが、彼女のような性格の女にとっては、そうは受け止めないだろう。

つまり、アナル性交の後は先がなく、彼女は最後の密会と考え、それを乞うてきたのではという、危惧だった。

「平気、できるわ。入れて、……」

逡巡《しゅんじゅん》を覚えた彼をうながすように囁《ささや》き、新田清恵が高々と尻を掲げる。

「うん、……慎重に、いや堪能させてもらう」

鼓舞するように言い、彼女の肉襞から蜜液を指で掬《すく》い、アヌスへ塗りつける。それを繰り返し、平沼は人妻の奇麗な尻穴を指の腹で揉《も》みしだいた。

膝立ちになり、彼女の尻を抱え勃起したペニスを微かに口を開けた窄みへ添える。心得たように、新田清恵が力を抜き尻を弛《ゆる》ませる。

双尻を抱え、腰に力を入れると、軋《きし》みを受けながらもペニスが没していく。

「おお～ん、……っつーぅ、アアぅ」

完全なよつんばいになった彼女が、踏ん張るように腕を撓《たわ》め、唸るような声を発する。緩やかにペニスは彼女の尻穴へ、根元近くまで没していた。頭を左右に振り喘ぎながら、彼女が尻を弾ませてくる。女性器の中へ挿入したみたいに、滑らかにペニスが動く。それも束の間、強い締めつけが肉幹を襲ってきた刹那《せつな》、もう平沼は限界に達していた。尻たぶを鷲掴むと、唸りながら彼は狭窄してくる新田清恵の肛門の中でペニスを震わせ、射液していた。

5

威勢のいい声を張り上げ客を迎えた彼は、入ってきた男の顔を見て、息を飲み立ち竦《すく》んだ。

新田律夫で、しかも独《ひと》りだ。

前日、彼の妻である清恵と密会し、アナルセックスをしたばかりであり、これで平然としていられる男など、いないだろう。

タイミングが悪いのか良いのか分からなかったが、他に客はなくチーフも奥へ下がったままだ。

「やっぱ、ビールをいただくかな」

「はい、……」

顔を強張らせたまま手早く用意し、グラスへ注いでやる。

それを新田律夫が、一気にあおる。

「今日は、あの、お一人なんですか」

身構えつつも、愛想笑いを浮かべ訊いた。

「鎮まったんでね、……」

「はあ、……」

「平沼さんも、ご存知《ぞんじ》でしょう」

真っ直ぐ彼を見据え、新田律夫が言う。

妻の清恵のことを言ってるのだとわかったものの、喉が引きつったような感じで、言葉を発することができない。

商売柄とはいえ、余計なことを訊いてしまったと、平沼は後悔した。愛想笑いなどみせず、取りつく島も与えず仕事に没頭すればよかったと、おもう。むろん、客商売でありそれは叶《かな》わぬことは承知していた。

「傷ですよ、……手首の傷」

押し殺したような相手の声に、平沼は気圧《けお》され否定することもできず、無言で頷《うなず》いていた。

「不安定なんです、……周期的にやってくる。まあ、ぼくが女をつくったことが、発端なんですが」

不意に、声を和《やわ》らげ新田律夫が言う。

彼の強張った顔を見て憐《あわ》れみを覚えたのかも、知れない。

「そうだったんですか、……じゃあ、傷はそのときに」

「まあ、ね。そんなに単純ではないんだが、ともかく、情緒不安定になる。それだけならまだいいんですが、春先と秋口かなあ。動物みたいに、肉欲が増大するんです。ホルモンのバランスを崩しちゃうんですかね、手に負えなくなるんです。……こっちは、ただ見守り、鎮まるのを待つしかないわけです。なにしろ、あれですから」

やはり穏やかな声で続けたあと、苦笑しながら手首を指で切る真似をしてみせる。

平沼は同情するように、神妙な顔で頷いてみせた。

「ただ、その時期さえ過ぎれば、もうしぶんのない、最高の妻になるんです」

「そうですか、……」

「いやあ、喋《しゃべ》り過ぎたかな。つい、……」

腕時計を覗き、おもむろに新田律夫が腰をあげる。

「もう、お帰りですか」

「良い男に、巡り合えたみたいで。……感謝しています」

頭を下げ、新田律夫が踵《きびす》を返す。

なにか言おうとしたが、やはり言葉が出てこない。

そして、レジへ向かう男の背を見ながら、安堵の息を吐いた。

だが、すぐに寂寥《せきりょう》感に包まれる。

感謝してますと男は言っており、もう彼女を追い回さないでくれという、意味だと分かったからだ。そして、鎮まったと言う、あの新田清恵の方も、二度と彼の前には姿を現さないに、違いない。そのことを告げに、男はやってきたのだろう。

〈ほんとうに、彼女は最高の奥さんだと、おもいますよ。すみませんです、……〉

清恵の美しい顔立ちを思い浮かべながら呟《つぶや》くと、平沼良一はドアの外へ出て行く男の背に向かい深々と頭を下げていた。

義娘の指

東山　都

著者・東山《ひがしやま》　都《みやこ》

一九六〇年、京都府生まれ。サラリーマン生活を続けながら官能小説を発表。次代を期待される書き手の一人である。性に憧れる少年と、年上の女性の妖艶な魅力を巧みに描いた作品が多い。現代風俗を生《い》かした性描写の濃密さは、多くの読者が認めるところである。

世田谷《せたがや》の高級宝石店ミールは、上流階級の有閑《ゆうかん》マダムを特別会員として、高価な宝石と引き換えに彼女たちの欲求不満を慰《なぐさ》めている。夫人たちの相手をする店員の中でも、トップクラスの成績を誇る君島《きみしま》は、上客の一人、瀬川美智子《せがわみちこ》の相手をしていた。

美智子は、二十八歳。髪を長く伸ばし、モスグリーンの瀟洒《しょうしゃ》なワンピースを身に纏《まと》った姿は、一見人妻には見えないほど若々しい。気品のある美貌に加え、抜群のプロポーションを誇っている。大金持ちのオーナー社長の後妻に収まったはいいが、仕事にしか興味のない夫に構ってもらえず、暇をもて余しているのは、君島の他の顧客と同じだった。

それなのに、君島はこの夫人の相手をするとなると、なぜか気が滅入るのだった。

「奥さま、ほら、この真珠のネックレスはいかがですか。今日お召しの素敵なワンピースによく映《は》えて、奥さまの美しさを、いっそう引き立てますでしょう」

歯の浮くようなお世辞にも、夫人は表情を綻《ほころ》ばせるどころか、眉を寄せ、その優美な富士額《ふじびたい》に細い皺《しわ》を寄せながら「そうねえ……」といかにも他人事《ひとごと》のように呟《つぶや》くばかりだ。いつもこの調子で、いくら君島が何とか気を引き立てようとしても、ひどく気乗りがしないような様子で受け答えする。

しかも、ことあるごとに、君島に家庭の悩みを愚痴《ぐち》るのだ。あり余るほどの財産があっても、仕事が趣味でしかも他に女を作っている夫には構われない。中学生の義理の娘とはうまくゆかず、学校の教師からは彼女の素行について、いつも親の責任のように責《せ》めたてられているという。

元々、ここへやってくるような人妻たちは、みな同じような悩みを抱えている。それでも、大抵は特別室のドアを閉めた途端に、人生とセックスは楽しまなければ損だとでもいうように、見違えるような淫《みだ》らさをさらけ出すのだ。

それが、美智子夫人に限っては、どうも、何ごとにもくよくよと悩んでしまう性質《たち》のようなのだ。自然、君島のほうにもそんな鬱《うつ》の気分が伝染し、余計な気を使わせられて純粋に仕事を楽しめないというわけだった。

今日とても、夫人は浮かぬ顔で聞こえよがしのため息をつく。また愚痴を聞いてもらおうというのだなとわかっていても、君島としては訊《たず》ねないわけにはいかない。

「奥さま、どうなさいました。ご気分がすぐれないようですが」

「ちょっとね、娘の学校から、また素行について文句がきたものだから、出がけにやり合っちゃったのよ。もう、近頃の女の子って、何を考えているのか全然わからないわ。お金はたっぷり与えてあるのに、何が不足で万引きなんかするんだか……」

(やれやれ。お金さえあれば、満ち足りた気分になるものかどうか、自分のことを顧《かえり》みればわかるだろうに……)

美智子夫人の娘は、まだ中学三年生だと聞く。父親は家に居つかず、しかも、自分と十歳そこそこしか年の変わらない若い義母がうるさいとあっては、拗《す》ねるのも無理はない。

だが、そんな思いをおくびにも出さず、君島はホスト時代から人気があった神秘的な笑顔を、鏡の中の夫人に向けた。

「奥さま。そんな詰まらないことはお忘れになって、宝石の輝きをお楽しみ下さい。どうです、この大きなダイヤは。奥さまの耳によくお似合いですよ」

ダイヤのピアスを手に取ると、長く伸ばした髪を分けて、マシュマロのように柔らかな耳たぶにそっとあてがう。ピアスを着けるふりをして、そっとつまんでやさしく撫《な》でまわすと、細かな金色のうぶ毛が震《ふる》え、夫人がくすぐったそうに身悶《みもだ》えした。

「奥さま……」

低い声で情熱的に囁《ささや》き、複雑に曲がりくねった耳の内部に熱い息を吹きかけ、背後からその形の良い胸乳《むなぢ》をすくい取る。柔らかさを愉《たの》しみながらやさしく揉《も》みしだいてやると、女のツボを心得た君島のテクニックに、夫人はゾクゾクと背すじを這《は》い上がる快美に身を委《ゆだ》ね、うっとりと目を閉じた。そろそろよかろうと、君島が背中のジッパーに手をかけたとき、個室の電話がいきなり鳴った。

「うん？……」

思いがけない邪魔に、君島は手を止めた。大抵のことでは、お客さまとの時間を邪魔しないように伝えてある。

「申し訳ありません、奥さま。ちょっと失礼致します」

夫人のため息が背中に聞こえてきた。君島は、自分のほうこそため息をつきたいという気分を抑えて受話器を取ると、警備主任の声が聞こえてきた。

「あの、君島さん。そちらに、瀬川さまが参られていると思うのですが。実は、お嬢さまの香織《かおり》さまが、こちらにいらっしゃってまして」

君島は驚いた。偶然だろうか、それとも義理の母親が、ここに入り浸《びた》っていることを知っているのだろうか。

「奥さまを訪ねて見えたのですか」

「いいえ、それが……」

彼の声は、いつになく歯切れが悪い。君島が黙って待っていると、彼は唾《つば》を呑み込んで囁いた。

「一階で、万引きしたところを、うちの私服に見つかったんです」

「え？……」

これには、さすがの君島も我が耳を疑った。

「彼女は……母親がここにいるのを知っているのですか」

「ええ。うちの者が、生徒手帳を見て、つい奥さまのことを口に出してしまったので……」

君島は、思わず頭を抱えた。

「わかりました。こちらへ連れてきて下さい」

受話器を降ろすと、君島は振り返った。夫人は、電話の様子から何かを悟ったのか、真珠を弄《もてあそ》ぶ手を止めて、こちらを訝《いぶか》しげに見つめている。

「奥さま、実は……」

君島は、いつになく喉《のど》が渇《かわ》いて、声が出なくなっているのを感じていた。

五分ほどしてノックの音に君島が電子ロックを開けると、二人の女性警備員の間に、制服姿の少女が挟まれて立っていた。紺のベストとプリーツの入ったスカートに、涼《すず》しげな白いブラウスの胸元には、濃紺のリボンタイが結ばれている。

ふくよかな女性的魅力を発揮している夫人とは対照的に、すらりとした脚がスカートから覗《のぞ》き、ショートカットのボーイッシュな美少女だ。とても万引きなどして補導されるようには思えない。

ところがそのとき、清楚な少女の口からいきなり罵声が浴《あ》びせかけられた。

「何をじろじろ見てんだよ、このオッサン！　万引きが珍しいってのかよ」

君島は思わずポカンとしていた。部屋の内側にいた夫人が顔をしかめ、辛《かろ》うじて義娘をたしなめる。

「香織さん。なんです、人さまのまえで、そのひどい言葉遣《づか》いは」

「うるせえ、ババア。こんなときだけ、偉そうに母親面《づら》するんじゃねえよ」

呆《あき》れた君島は、説明を求めるように警備員を見やった。ベテランの警備主任が肩をすくめる。

「最初は開き直っても、普通は身元を知られるとシュンとするものなんですけどね」

「ずっとこの調子ってわけか。で、ブツは？」

「こちらです」

警備員も、この少女の口の悪さには、ウンザリしていたのだろう。君島にベルベットの袋を渡すと、そそくさと逃げるように立ち去った。

君島は、袋の中から、カルティエの、純金の三連ブレスレットを取り出した。値札ははずされているが、確か四十万はする高級品だ。中学三年生が出来心で手を出すアクセサリーの域を超《こ》えている。

「これは、君が盗もうとしたものに、間違いないね」

君島が聞くと、ソファに座り込んだ少女は、その清純そうな美貌に、フンと言う表情を浮かべてそっぽを向いた。ペラペラの通学バッグから、今にも煙草《たばこ》でも出して火をつけそうな、ふてぶてしい雰囲気だ。

「このブレスレットは、四十万円の品だ。つまり君は、この店にそれだけの損害を与えようとしたわけだ」

「なにさ、たかが四十万円くらい。いつでも払ってやるよ」

「そんな大金を、そこに持っているというのかね」

「あたしが持ってるわけじゃねえよ。そこにいるババアが払ってくれるさ。そうだろ。こんなことが、親父の耳に入ったら、監督責任を問われるもんな」

こう言ってのける香織に、夫人は悔《くや》しげに顔を歪《ゆが》めたが、すぐに自分の弱い立場を思い出したのか、泣き出しそうな顔で君島に哀願する。

「君島さん、お願い。わたくしに免じてこの場は許して下さいな。こんなことがあの人に知れたら、どれほど怒られるか」

君島は夫人には答えず、ソファに足を組んでふんぞりかえる香織の真正面に立って彼女を見下ろした。遊び感覚で人のものを盗んでおいて、まったく罪悪感というものを感じないこの少女が無性に腹立たしかった。

「何だよ！……ちょ、ちょっと……てめえっ、何すんだよ」

香織が不穏な空気を感じたのか、立ち上がって横をすり抜けようとした。それを、素早い動きで手首を捕まえると、少女の肉体を横抱きにする。見る間に少女は、ソファに腰を降ろした君島の膝《ひざ》の上に、うつ伏せに抱え上げられてしまったのだ。制服を着た肢体が、くの字に折れ曲がる。若々しい肉体のかもし出す清潔なお色気に、さすがの君島もクラッとなりかけた。

「な、何だっての。放せよ。放してってば」

まるで、クロールをしているかのように両脚がバタつき、スカートが君島の目の前でヒラヒラする。香織は懸命に逃げようともがくが、がっちりと押さえ込まれては男の腕力を返しようもない。

「き、君島さん。いったい何を……」

美智子夫人は、どうしていいかわからず、絨毯《じゅうたん》の上にペタンと座り込んでオロオロしている。そんな夫人を一顧だにせず、君島は制服のスカートをいきなりパッとまくり上げた。純白のパンティに包まれた華奢《きゃしゃ》なヒップがむき出しになり、香織が怒声をあげた。

「何すんだよっ……」

「おいたをしたら、お仕置きを受けなければならない。それは知ってるよな。あのブレスは四十万だから、一発一万としても四十発。君のこのお尻を、思いっきりぶっ叩《たた》いてやる」

「なんだって？……」

香織の肉体がビクッとこわばった。それでも、まだ本気にできないらしく、首をもたげて肩越しに語りかける。

「な、何を言ってるのよ。あんた、どっかおかしいんじゃないの。パパにも叩かれたことなんて、ないんだから」

「なるほど。だから、こんなに我《わ》が儘《まま》になったんだな。じゃあ、俺がパパに代わって、言うことを聞かない娘にお仕置きをしてやるよ」

そう言うと、君島は、左手で香織の肉体をがっしりと抑えながら、右手を高々と振り上げた。やっと君島が本気なのを悟ったのか、香織は顔を蒼白にして叫ぶ。

「放せよ、放さないと、ひどいよ。パパがこんなこと聞いたら、ただじゃおかないから。クソばあ、こいつを止めろよ、止めてってば……」

香織の脅迫など無視して、君島は振り上げた手のひらを、風を切って振り降ろした。双丘が激しい衝撃を受け止め、パシッという甲《かん》高い音をたてた。

「キャッ!」

香織の呼吸が止まり、全身が硬直した。引き締まった肉から返ってくる官能的な反動が、君島を残酷な悦《よろこ》びに駆り立てる。君島は、最初の衝撃の痛みが香織の胎内に染《し》みわたったのを待つと、まったく同じ場所に狙《ねら》いを定めて第二撃を打ち込んだ。

「い、痛いっ。やめてよっ……いやあっ」

反抗的な口調に、まだクスリが足りないと判断した君島は、打擲《ちょうちゃく》を続けた。五発を越えた頃から、香織の口調が明らかに変化し、哀願するような調子に変わってくる。

「や、やめてってば、痛いのっ!……イヤッ。やめて、お願いっ」

「私やお義母《かあ》さんに、ひどい言葉を吐《は》いたり無礼な態度を取ったのを謝るかね」

「な、何を……この」

ひどい痛みも、まだ彼女を屈服させるというところまではいっていないようだ。君島は、ここぞとばかり、鞭《むち》打つ手に力を込めた。もうすぐ十発というところで、ついに香織の喉から泣き声が漏《も》れだした。

「イヤアッ……もうダメ。お願い、許して。許して下さい」

暴れていた四肢からはぐったりと力が抜け、すすり泣きの声すら聞こえてくる。ついに激しい痛みが、彼女の反抗的な精神をも圧倒したのだ。

「万引きしたのを反省してるかい」

香織はしばらくものも言えずに泣いていたが、やがて君島の膝の上で頷《うなず》いた。

「してるわ。あたしが悪かったの。だから、お願い。叩くのだけはやめて」

「じゃあ、今まで迷惑をかけたことも、ママに謝りなさい」

「ああ……ママ、ごめんなさい」

シクシクとすすり泣く香織をさすがに見かねて、美智子夫人が拝《おが》むように君島の前ににじり寄った。

「お願い、君島さん。これ以上、もうやめて。香織さんは、もうすっかり反省していますわ。もう二度と、こんなことはさせないようにしますから」

夫人の哀訴に、君島は冷酷にも首を振った。

「ダメですね。けじめはつけなければ。それとも、奥さまがお嬢さんの身代わりになってお仕置きを受けるというなら別ですが」

「な、なんですって……どうして、わたくしが」

君島が、香織に反省させるためだけにこんな真似《まね》をしたのだと信じていた美智子夫人は、あまりのことに絶句した。

「どうしてって？　子供の犯罪は、親の責任でしょう」

夫人のジレンマは、気の毒なほどだった。愛してもいない子供の身代わりになって、恐ろしいお仕置きを受けるか、それともそんな子供は知らないと突き放して恨《うら》みを買うかである。

香織は、救いを求めるように、涙に濡《ぬ》れた瞳《ひとみ》で義母を見上げている。その哀れな様子に、夫人は諦めたように頷いた。

「わ、わかりましたわ。わたくしが身代わりになりますから、香織さんを放してあげて下さいますね」

君島は頷くと、香織を捉えていた腕を解放した。力を失った少女の四肢が、ぐったりと絨毯に落ちる。絨毯に顔をうずめてヒクヒクとすすり泣いている香織をそのままに、君島は夫人を手招きした。

夫人は、しばらくそのまま座り込んでいたが、やがて熱病にかかったようにふらふらと立ち上がると、香織と同じ格好で君島の膝の上に女体の重みを乗せた。これまでにも、何度も抱きしめたことのあるふくよかな肉体だが、こんなふうに密着して抱きかかえると、いっそう蠱惑《こわく》的な弾力が迫ってくる。

さすがに、娘の前で夫人の色っぽい下着をむき出しに見せつけるわけにもいかない。君島は、振り上げた手のひらを、身体《からだ》を固くしている夫人のスカートの上から丸っこい尻たぼに叩きつけた。

「アアーッ！……」

君島の手が風を切るたびに、バシッ、バシッと肉を叩く音が響く。それに呼応するかのように、夫人の甲高い悲鳴が部屋じゅうに響きわたる。白い肉が躍《おど》り、両脚がもがくように宙に浮く。

だが、痛みにひたすら泣きわめいていた娘と違って、夫人の悲鳴には甘い喘《あえ》ぎが混じっているのを、君島は敏感に感じ取っていた。

やめてと言いながら、その裏では、もっと力を込めてと哀願しているかのようだ。娘の前でお尻を叩かれるという、考えたこともないような恥辱に加え、女陰の間近に感じる物理的な痛みが、新鮮な刺激をもたらしているに違いなかった。

「やめて、お願い。もう、ママを許してあげて。これ以上、ママをいじめるのはやめてちょうだい」

叫ぶ香織に、君島は首を振る。

「大人の世界では、自分のやったことにちゃんと責任をとらなければならないことになっているんだ。ママは、君の身代わりになってお仕置きされているんだからね。目をそらさずに、よく見ていなさい」

君島の言葉に、香織はしゃくり上げながら顔を上げたが、またも義母の肉塊が強烈な音をたてると、自分が打たれたように目をそむけて身をすくめる。

「じゃあ……じゃあ、香織がもう一度、罰を受けるわ。お願いします。ママを放して下さい」

それを聞いて、美智子夫人が伏せていた顔を上げた。

「い、いいのよ、香織さん。これは、あなたにはきつ過ぎるわ。ママは大丈夫。君島さんの言うように、あなたがかけた迷惑は、親のわたくしが、罰をちゃんと受けなければならないのよ」

「よろしい。母親として、見上げた心掛けですね」

そう言って大きく振り上げた君島の手に、泣きじゃくる香織がしがみついた。

「ごめんなさい。香織が悪かったの。だから、折檻《せっかん》だけはやめて」

邪魔された君島は、一瞬少女を振り払おうとするかのように腕に力を込めたが、やがてその手を降ろして静かに呟いた。

「お嬢さん。もう二度と、万引きなんてしないと約束できるかい」

「は、はい……絶対、二度としません」

「じゃあ、二人ともこれで許してあげよう。もう、うちに帰ってもかまわないよ。早く帰って、お尻が腫《は》れないように湿布しておくんだね」

　思いがけない君島の言葉に、香織のすすり泣きが止まった。信じられないと言うように、しばらく茫然と君島と義母を代わる代わる見やっていたが、こぼれ落ちる涙を拭《ぬぐ》って頷く。まだ痛むヒップを気遣い、顔を羞《は》じらいに染めながら、ゆっくり立ち上がる。

「あ、有難うございます。もう、絶対にしません。ねえ……ママも帰りましょう」

　すでに夫人は、君島の膝から絨毯の上にその妖美な肉体をくずおれさせていたが、君島と顔を見合わせてすぐにかぶりを振った。

「わたくしは……君島さんにまだお話しすることがあるから、先に帰ってくれないかしら。お店の方たちへの御挨拶も、相談しなきゃならないし」

「ご、ごめんなさい、ママ」

「い、いいのよ。さあ、早く帰って休みなさいな。あとは、わたくしに任せていいからね」

　ハアハアと息を継ぎながら、苦しげにそれだけ言うと、美智子夫人は義理の娘ににっこりとほほ笑みかける。義母を心配そうに見やりながら、香織はドアの前で君島に向かってペコンと頭を下げた。その仕草も表情もいかにも中学生らしくて、ついさっきこの部屋に来たときとは見違えるように素直になっている。

夫人が動きを見せたのは、扉が閉じた途端だった。ソファに座ったままの君島の前に、転げるようににじり寄る。

「アアッ、君島さん。お、お願い……」

すでに、君島の下半身は、ズボンの折り目が見えなくなるほどギンギンにそそり立っている。夫人は、その突っ張りをギュッと握りしめながら、これ以上ないというほどあだっぽい視線で彼を見上げた。

「どうしました、奥さま」

夫人は、手を伸ばしてワンピースの裾《すそ》を大きくまくり上げた。白かったヒップはすでに真っ赤に染まり、バイオレットのパンティがくしゃくしゃにもつれて、紐《ひも》のようになって中心部に絡《から》みついている。

「あ、あの……香織は、もういなくなったわ。だから……もう、遠慮なく折檻して下さっていいのよ。さっきは、手加減をして下さったんでしょう」

「おや、これ以上、叩かなくてもいいんですよ。万引きのお仕置きは、もうすんだんですから」

夫人は、意地悪くとぼける君島に困ったように絶句したが、恥ずかしげに顔を染めて首を振った。

「お願い。さっきのお仕置き、凄《すご》く気持ちよかったの。もっと続けて欲しいの」

「いいんですか、泣き出しても知りませんよ」

「いいわ。うぅん、美智子が泣いても、いっぱい叩いてちょうだい」

そう叫ぶと、夫人は君島の膝の上に、再び乗っかった。今度は、何の遠慮もいらなくなった君島が下穿《ば》きを思いっきりまくり降ろすと、幾重にもつけられた手の跡で赤く染まった、ボリューム満点の双丘があらわになる。

君島は、大きく手を振り上げると、その小山のような肉塊目がけて、思いっきり振り下ろした。手加減なしの打撃に、尻の肉が大きく歪んで、バシッという鋭い音が響く。夫人が甲高い悲鳴をあげると、両手をギュッと握りしめた。

「ああっ！……」

「大丈夫ですか。ちょっときつ過ぎたのでは？……」

「い、いいえ、いいの。も、もっときつく折檻して」

夫人の激しい興奮に、君島も次第に巻き込まれるようにして、手が痛むのも構わず、鞭《むち》のように振るい続けた。左から右、そして谷間の真ん中と、ところを変えて容赦なく打撃を加える。夫人の喉から甘やかな嗚咽《おえつ》が漏れ、透明な涙がポトリと絨毯にこぼれた。

「奥さま、気持ちいいですか」

「い、いいわっ……叩かれるのが、こんなに気持ちいいなんて」

君島は今度は真っ赤に染まったむき出しのヒップをやさしく撫でた。夫人が、痛みと快感のないまぜになった声で、か弱く呻《うめ》く。

「でも、このへんにしておきましょうね。さもないと、お尻が腫れて、歩けなくなっちゃいますよ」

そう言うと、夫人は幼女のようにイヤイヤをして、羞じらいもないおねだりをする。

「いや……そんな意地悪言わないで。美智子のお尻、もっと叩いて欲しいの。美智子が歩けなくなるまで、叩いてちょうだい」

（クスリが効き過ぎたかな……）

君島は思いながら、長い指を、双臀の狭間から割れ目の間にズブリと潜り込ませた。夫人がヒッと息を呑み、肉体が硬直する。すでにそこは、夫人の激しい興奮を示すように、グッショリと濡れそぼって嬉《うれ》しそうにざわめいている。

「でも、この熱くなっているところを、そろそろ慰めてあげたほうがいいんじゃないですか。どう思います？……」

「ああっ……そ、そうね。そこもいいわ」

「わかりました。じゃあ、奥さま。今度は、ワンちゃんみたいに四つんばいになってもらいましょうかね」

君島は、夫人を膝の上から降ろして、犬のように絨毯の上に這いつくばらせた。このほうが、高慢な性格をいっそう惨《みじ》めに虐《しいた》げ、興奮させられるという計算だ。

四つんばいになった夫人が顔を上げる真ん前で、手早くズボンとトランクスを脱ぎ捨て、長大な高まりを見せつける。淫靡な予感に、夫人の頬《ほお》が朱に染まる。君島が背後に回ると、不安の中にも淫らな期待を込めた夫人の潤《うる》んだ瞳が、ひまわりのように君島を追いかけてきた。

君島は、膨《ふく》れあがった先端を、淫唇の中心にあてがった。一気に腰を進めると、熱くふやけた夫人の媚肉が、歓迎するように淫靡な蠕動《ぜんどう》を始め、君島のモノを内部へと誘い込む。

「アーッ！……」

「さあ、今度は、このままで折檻してあげますからね」

「う、嬉しいっ……」

夫人が喘ぎながらも、嬉しそうにヒップを高々と掲げる。君島は、分身を夫人の内部に残したまま、彼女に見せつけるように手を大きく振り上げた。手のひらが、待ち受ける夫人の小山にぶち当たると、夫人は背すじを反らして悲鳴をあげた。

「ふふっ……奥さまの尻を叩くと、アソコが私のモノをキュウッと締めつけてきますね」

「ああ、おっしゃらないで」

四つんばいになり、尻を叩かれて啼泣《ていきゅう》を漏らす美智子夫人。その惨めな姿を自覚させられ、夫人は官能をいっそう高めようとするかのように尻を高く掲げて君島の折檻を受け入れる。

サディスティックな振舞いが、君島の興奮をもいつになく押し上げる。激しいグラインドを続けるうち、君島は身内に昂《たか》ぶるものが突き上げてくるのを感じていた。

あり余るヒップの肉をわしづかみにすると、たび重なる打擲で最も赤く腫れ上がった場所を、爪を立てて思いっきりつねり上げる。途端に夫人がヒイッと悲鳴をあげ、蜜壺が君島のものをきつく締め上げた。

「い、いいわっ。君島さん」

君島の全身を震えが走った。君島が、最後の力を込めて渾身のストロークを叩き込むと、夫人が獣《けもの》のような咆哮《ほうこう》をあげ、肉体をのけぞらせる。ドッと噴き出した液体が夫人の子宮にぶち当たり、夫人は断末魔の悲鳴をあげてその場にぐったりとくずおれた。

美智子夫人が、次にミールを訪ねてきたのは、それから一カ月ほどしてからのことだった。

「奥さま、ご無沙汰しております。その後、香織さんとの関係は、いかがですか」

「フフッ、それがね。君島さんの厳しいお折檻がよかったのかしら。あの扱いにくかった子が、すっかり素直になって、あたしに懐《なつ》いてくれるの」

「いえいえ、奥さまが身を挺《てい》して、香織さんを庇《かば》ったお気持ちが通じたのだと思いますよ」

君島の言葉に、あの激しいお仕置きを思い出したのか、夫人は顔を赤らめた。

「実はね、あの子、母親の生きているうちからあたしが父親を誘惑したって、叔父《おじ》さんだか誰だかに、ずっと信じ込まされていたらしいの。身体が弱かった母親の死の原因も、そのせいだって思い込んでいたのね。あたしが夫と知り合ったのは、あの人の先妻が亡くなってからだっていうのをしっかり説明したら、ちゃんとわかってくれたのよ。そうしたら、こっちにも情ってものが生まれるじゃない」

「なるほど」

「そんなわけで、義理の母娘関係はすっかりうまくいってるの。娘が問題を起こさなくなったおかげで、うちの主人も機嫌がいいし。でもね……」

夫人の目つきが、いきなり淫らなものに変わった。含み笑いをすると、声を潜《ひそ》める。

「あの年頃の女の子のことだから、ときどき、あたしに怒られるようなことをするでしょう。そしたら、あの子ったら、なんだか期待するような表情で神妙に立ってるの」

「それで？……」

「あたしも最初は気づかなかったんだけど、どうもお折檻を待ってたのよ。君島さんにやられたのが、いけない刺激になっちゃったみたいなのね」

「それで、奥さまは、香織さんを叩かれるのですか。私がやったように」

「そうなの。最初はためらったけど、最近じゃあたしも病《や》みつきになってしまいそうなの。あの、若くてピチピチした身体の感触ったら、たまらないわ。殿方が、あたしみたいなオバサンより、若い娘を好む気持ちも無理ないわね」

「いえいえ、そんなに卑下なさらなくても。奥さまのような熟れた肉体には、若い子とはまた違った魅力があるものですよ」

「あら、お上手ね、君島さんったら。でも、あの子を叩いているうちに、今度はあたしのほうがムラムラッときて身体が火照《ほて》ってくるの。かといって、母親としては、まさか娘に叩いてくれなんて言えやしないわ。それで今日は、君島さんにたっぷりいじめてもらおうと思ってきたわけ」

君島は破顔した。

「お任せ下さい。奥さまが、歩けなくなるような強烈な折檻をしてさし上げますから」

「まあ、愉しみだわ……よろしくお願いしますね」

手を合わせ、少女のように若やいだ声でそう言う夫人の瞳は、すでに淫靡な予感にしっとりと潤んでいた。

盗聴された女

子母澤　類

著者・子母澤《しもざわ》 類《るい》

石川県に生まれ、女子短大を卒業後、設計事務所に勤務。一九九六年より小説雑誌に官能作品を発表、一躍女流新人作家として期待を集める。現代女性の色香と情熱をこまやかに描き、女性読者も拡大中。『金沢名門夫人の悦涙』『狂乱の狩人』など、著書も多い。

1

スイッチを入れたとたん、オーディオのスピーカーから、鼻にかかったような女の甘ったるい声が流れてきた。

「今日のカメラマンったらね、ファッション雑誌なのに、わざとエッチなポーズばかりさせるのよ」

耳が焼け爛《ただ》れそうなほどの衝撃が新田《にった》を襲った。

まぎれもなく、愛《いと》しい毬香《まりか》の声だ。音声も、まるですぐそばで囁《ささや》いてくれるかのようにクリアだった。汗ばんだ手のひらを握りしめ、息をするのも忘れて、新田はあこがれの美女の声にさらに聞き耳を立てた。

「乳首まで見られちゃったわ」

「そいつ、毬香の身体《からだ》を見たくてしょうがないんだよ。まさか、触《さわ》らせたんじゃないだろうな?」

「ばっかねえ。あたし、こう見えても浮気なんてできないタイプよ。伸吾《しんご》ひとすじなんだから」

「おい、いちおうバッグの中とか、ちゃんと調べとけよ。ストーカーが盗聴器仕掛けたりするからな」

「そうね。あたしが伸吾と暮らしてるの、マスコミにばれたらやばいもんね」

(今さら遅い。俺はとっくに盗聴してるよ)

新田はスピーカーからの毬香に答えるように、ひとり言をつぶやいた。盗聴器は見事に作動している。

毬香ががさごそと、バッグを探っているらしい音が聞こえた。どうやら音源は、仕掛けた超小型集音マイクのすぐそばだ。

「おい、ベッドに来いよ」

「ああん。やだあ。後ろからそんなことしちゃいやあん」

「どっちの乳首を見られたんだ？　こっちか。このでかいおっぱいは俺のものなんだからな。しっかりキスマークをつけといてやる」

「だめ、明日、水着の撮影があるんだから……あ、ああん」

何と、チュッという舌音まで聞こえてきた。恋人と語らっている部屋は、間違いなくベッドルームらしい。

盗聴器は、その恋人が毬香に贈った胡蝶蘭《こちょうらん》の鉢の中に仕掛けてあるのだ。仕掛けたのはもちろん、盗み聴いている新田自身である。

モデル出身で、セクシータレントである原島毬香《はらしま》は、新田のあこがれの美女だった。毬香にあこがれてストーキングしているうちに、毬香が恋人と同棲していることもつきとめてあった。

ついでに相手の男も尾行して、男が大沢伸吾《おおさわ》というハンサムな大学生で、ボート部に所属している筋肉隆々の男だと知った。週刊誌ネタの通り、毬香はやはり体育会系の筋肉男が好きらしい。

顔はともかく筋肉なら負けはしない、と新田は自負している。新田も柔道五段で身体には自信を持っていた。背格好と体格だけなら、毬香の恋人の伸吾と新田はよく似ている。

その憎き恋敵《こいがたき》の伸吾が、ちょうど先日、近所の花屋で毬香の誕生日のために胡蝶蘭を注文しているのを目撃した。

新田は配達する花屋の店員の隙《すき》を狙《ねら》って、ドアの開いた車に近づき、小型の盗聴器を花の根もとに仕掛けた。そんなことはごく簡単な仕事だった。新田の職業は刑事なのである。

もちろん、毬香を尾行するのは仕事ではない。ストーカー業は、単なる新田の個人的な趣味だった。

おりしも、通信傍受法案が採決され、警察による盗聴が堂々と法の下に守られる時代が来たのである。あこがれの女神である毬香のために盗聴することなど、新田にとって何のためらいもなかった。

きっかけは、毬香が一日警察署長として、新田が勤務するM署に来たことだった。

新田はひとめで毬香に恋をした。

華やかな美貌はもちろんのこと、胸元のボタンが弾《はじ》けそうなほど高く隆起する丸い乳房。折れそうなほどきゅっとくびれた腰。形のいいヒップを包むタイトミニ。肉付きのいい太ももから伸びる、すらりとした脚線美。

美しい肉体は、権力を見せつけるコスチュームをまとってこそ、目もつぶれんばかりに神々しい光彩と輝きを放つのである。

原島毬香が男の視線を圧倒する極上ボディをぴっちりした婦人警官の制服で包み込んだ姿は、まさに魂が凍りつくような衝撃だった。

新田は終日、一日署長を務める原島毬香の護衛を担当した。

パレードの時、オープンカーに乗った毬香が立ち上がり、車道にひしめく男たちに手を振った。

車がカーブした時、ぐらりとよろめいた毬香のくびれ腰を、すばやく支えたのも新田だった。

「あ、どうもありがとう」

「いえ」

「すみませんけどお巡りさん、何だか不安定なの。ちょっとここ、支えていてくださる？」

毬香はスカートを少したくしあげた。真っ白に脂《あぶら》の乗った太ももがまぶしすぎた。

「はっ。了解」

新田は主人に命じられた犬のように、きまじめな顔を崩さないままで、立ち上がって手を振る毬香の、スカートの下の太ももをじっと押さえていた。

ほとんど夢心地だった。弾力に満ちた匂やかな女体の感触が、その時以来、手に染《し》みついてしまった。

その瞬間から、毬香の華麗な魅力に骨抜きになっていた。

いつも毬香のことを見ていたい。毬香をもっと知りたい。毬香のすべてを掌握したい。

新田はその日から、ストーカーに変貌したのである。

2

毬香が女性向けのファッション雑誌のモデルから、男性向けのセクシーグラビアに登場するようになったのは、ここ最近のことだった。着せ替え人形のような身体が、男を誘いこむフェロモンをむんむんと発散しはじめたからである。

それが一気に毬香を人気者へとのし上げたのだが、盗聴のおかげで、新田は原島毬香の輝きの秘密がわかった。

どうやら恋人との同棲生活で繰り広げられる濃密なセックスが、毬香を女として磨きあげたようなのである。

毎晩、新田はスピーカーから流れる毬香と恋人との痴態の様子を聞いていた。集音マイクは意外にも高性能で、舐《な》めたりする細かな音までも拾《ひろ》ってくる。

新田はそのたびに呼吸困難になるほどの興奮に見舞われながら、毬香の性の趣味まで、しっかりと聞き取ることができた。

「また水着の撮影なの。ヘアのお手入れしなくちゃ」

「あそこの毛を剃《そ》るのか？　俺がやってやるよ。どれ、見せてみろ」

「いや。そんなの、自分でするわ」

「人気絶頂の原島毬香のここが、どんなふうになってるかみんな知りたがってるのに。こうやって毛を剃るところまで見られるとは、俺は幸せ者だなあ」

「ばかね、何言ってるの。それに剃るとポツポツが残って写っちゃうの。だから抜くのよ」

「へえ、抜くのか。じゃ俺が抜いてやる」

「恥ずかしいけど、頼もうかな。これ、毛抜き。でもやっぱり恥ずかしいなあ」

「もっと股を開けよ。俺の膝《ひざ》の中に腰を入れて、そうそう」

「あん……恥ずかしいったら」

「ほう、いやらしい眺めだ。たまらねえな。病《や》みつきになりそうだ」

聴いているだけで新田は、淫行やり放題の伸吾に対してふくれ上がってくる、どろどろの嫉妬《しっと》にまみれて苦しんだ。しかし、なぜか脳天は甘く痺《しび》れきって、息がつまるほどの興奮がやってくる。

「最近、水着の切れ込みがすごいの。そうね、縦に指二本分くらい残して、このあたりまで抜いてね」

「いっそのこと、つるつるにしてやろう」

「そんなことしたら、ロリコンみたいなあそこになっちゃうじゃない。でも伸吾がいいって言うなら、考えてもいいけど」

「よし、全部抜いて毬香のおま×こ、モロにさらけ出してやろう」

「あうっ……ちょっと痛い。痛くないように、そっと根もとから抜いて」

「こうか？」

「うん……あっ……いやん、そんなところまで見ないで。そこは関係ないでしょ」

「だっておまえ、びらびらの外側のところにも、あちこち毛が生えてるぞ。スケベな景色だなあ。下品だからここも抜いてやろう」

「あうう」

「あれ、どうしたんだい？　毬香、めちゃくちゃに濡《ぬ》らしてるじゃないか。こんなとこからよだれ垂《た》らしてさ」

「だって……それ、感じるんだもん」

「抜くの、面倒だな。やっぱり全部剃ってしまおう。それから抜いてやるよ」

「剃るの？」

「大丈夫だよ。男はひげ剃りで慣れてるからな」

「あ、ああ……シェービング・フォームって冷たいのね。何だかそこ、泡がぷちぷちして変な気分になっちゃう」

「静かにしろよ。ほら、簡単に剃れるだろう」

「……あ」

「うわあ。全部毛がなくなったら、卑猥だなあ。男たちに見せてやりたいよ。天下の美女がこんなにされてるとはな。ひひひ、さんざん弄《もてあそ》んでやる。ほら、どうだ？」

「いや、いやよ……こんなの、いけないわ……ああっ」

「その顔が、いいって言ってるぞ」

「なんだかやってるみたいな気分」

「あ、動くとケガするぞ」

「はい……」

「ここの毛を剃られてるくせに、クリちゃんが硬くなってるぞ」

「いやん。ゆるして」

「ほらほら、可愛らしくなった。身体はナイスバディの大人の女なのに、ここだけは幼女のようだ」

「うわっ……恥ずかしい」

「何だかぞくぞくするな。女の下唇って、ぷりぷりしてて結構弾力があるんだ」

「いやあ、そんなに広げないで……ああーん」

「毬香のここ、こうやって見るといやらしい色してるな。くくっ」

スピーカーからは、くぐもった喘《あえ》ぎ声と、昂《たか》ぶった息遣いが聞こえている。盗み聴きしながら新田は、目の前に毛をむしられた毬香の紅く濡れた女陰を想像して、もうたまらなくなってきた。

伸吾という男はまだ若いのに、粘っこくいたぶることが好きらしい。まして相手が今が旬のセクシータレントで、新田など逆立ちしても絶対につき合ってもらえないような美女であれば、毬香が望むどんなことでもしてやりたいと思うのは男として当然だろう。

「どうだ、ここ、毬香の好きなクリクリだぞ」

「あ……ああ」

「こんなに濡らして。いつもよりずっと濡れが激しいぞ」

「だって……痺れるぅ」

「どうして欲しい」

「そこ、そこを……舐めて」

「よし。待ってろ」

「ああ……すごくいい。気持ちいい」

「毛がないと、舐めやすいな。舌がなめらかに動かせるよ。ほうら、どうだ？」

「ああ、伸吾……ほんとにいい……ぞくぞくするわ」

毬香の鼻息が荒くなった。次第に哀切きわまりない声が、新田の男をくすぐり立てるように忍び入ってくる。

新田はパンツの中に手を突っ込み、熱くいきり勃《た》つものを自分で握りしめた。

「ね、ちょうだい……」

「何を？」

「わかってるくせに、いやらしいわ……あれだってば、伸吾の、あれ」

毬香の声が、しっとりと憂《うれ》いを含んできた。しかし、伸吾の声はわざとのように冷たい。

「欲しかったら、自分で取りに来いよ」

「んん……わかった」

「毬香は上に乗るのが好きだなあ」

「だって、自分の好きな場所に当たるんだもん……あ、ああっ」

「おお、毛がないと、すごいなあ。毬香がくわえこんでいくのが、ぱっくりとよく見えるよ」

「ああ……気持ちいい」

「俺もだよ……毬香のおま×こがぴったりと吸いついてくる」

「あ、だめ……ああ、だめ。ね、今度は伸吾が上から突いて。がんがん突いて」

「よし」

あとは乱れた鼻息と、高まっていく毬香の喘ぎ声だけになった。喉《のど》がしぼり上げられるような、息も絶え絶えの泣き声だった。

「あ……いく、もういっちゃう」

「ひいっ……ひいいっ」

毬香は絶頂に達したらしく、噴き上がる嗚咽《おえつ》はせつなくなるほど悩ましかった。

（入れてみたい。一度でいい。毬香のあそこに……）

新田は毬香を犯している姿をまぶたの裏に描いた。皮膚にまとわりつくような、ねっとりとした甘いむせび泣きを聞きながら、右手の中で新田自身も昇《や》りつめていった。

盗聴は止められなかった。毎夜繰り広げられる毬香と恋人との激しい痴戯を盗聴することに、新田は陶酔の境地をさまよった。

3

「あたし、やっと本当の女になった気分だわ」

「おまえこの頃、すごくいいからな」

「こんなにいいなんて、知らなかった。するたびに新しい歓びだわ」

「おまえがセックスの歓びを知ってから、仕事もブレイクしたからな。やっぱりいい女になるには、セックスの充実が一番いいってことだな」

「そうか。セックスできれいになるって、あれ、嘘《うそ》じゃなかったのね」

「もっともっと良くなるさ」

「これ以上？」

「もちろんだよ」

「ねえ、本当はね、もっと凄《すご》い快感があるんじゃないかって思うの」

「どんな？」

「わかんないんだけど、潮吹き女っているんだって。本で読んだことあるの。快感の絶頂にあそこから潮を吹くらしいの。そんなに凄い快感って、あたしも一度味わってみたいな」

「研究しようじゃないか。ふたりでいろいろやってみよう。毬香はどんなことされるのが一番感じる?」

「あそこ舐められるの、好きだけど」

「じゃ、たとえば痴漢に舐められると思ったら?」

「痴漢なら、何度もされたことあるわ。でも痴漢に舐められるのなんてやだ」

「二人だけの痴漢ごっこだよ」

「伸吾とやるんならいいわ。いつもみたいに感じちゃうから」

「じゃ、レイプなんかどうだろう。おまえ、マゾの気があるからな」

「レイプ? もっとやだ」

「レイプごっこだよ。ごっこ。毬香、変わったことすると濡れるじゃないか。手を後ろで縛《しば》ったままでやってみようか」

「ええ? そんなことするの。いやあん。エッチねえ」

しかし、スピーカーから響く毬香の口調は、すっかり甘ったれている。

「腕を背中に回せ。ストッキングでくるからな」

「わあ、こうやって犯されるんだ。怖《こわ》い怖い」

「そんなこと言って、もう乳首がびんびんに勃ってるじゃないか」

「ああん、意地悪ぅ」

「目隠しもしてやろう」

「すごいわ。このままじゃ、誰だかわかんないわね。ときめいちゃう」

「このスケベ女が」

「ああ、でもこの筋肉よ。いいわあ。触ってみれば伸吾だってわかる」

「伸吾じゃないぜ。おまえのストーカーだ。筋肉隆々のたくましい男が、原島毬香をレイプしに来たんだ」

思いがけない展開に、新田はごくりと唾《つば》を飲みこんだ。トランクスの中で、自分のものが痛いほど勢いづいてくる。

「あうっ、そんなに強く脚をつかまないで」

「何言ってるんだ。伸吾じゃないだろ？　強姦魔なんだぞ」

「いや、やっぱりいやよ……これ、はずして」

「いいおっぱいしてるじゃないか。たまんねえな」

ぴしりと、皮膚を打つような音が聞こえた。新田までもがブルッとする恍惚《こうこつ》の快音だった。男の下卑たような声には凄みが加わり、毬香はおぞましそうな震《ふる》え声に変わっていった。

「……お願い、やめてえ」

「そしてこれが原島毬香のおま×こか。へへへ。うまそうだな。そうくねくね尻を振りたくるなよ」

「あ、ああ、だめえ……」

「だめって言って、おらおら、おしっこみたいに濡らしてるじゃないか」

「ひ、ひいい」

「動くんじゃない。動くとケガするぜ」

「い、いや……入れないでっ」

「ほうら。ぬるっと入った。ほう、さすが人気タレントだ。よく締まるおま×こだ」

「あ、あああ」

何という悩ましい声だろう。ふたりのレイプごっこはしだいに熱を帯《お》びてきている。と同時に、新田の息までもが荒く乱れてきた。おし寄せる興奮で心臓が破裂しそうなくらいだ。

「そら、どうだ、いいだろう」

「だめ……もう……あうっ」

我を忘れたような毬香の嗚咽が、スピーカーから長く尾を引いて聞こえてくる。めまいがするほど官能的だった。

思いもかけない毬香のすさまじいエクスタシーのうめきに、盗聴する新田の興奮も沸点に到達していた。濡れ濡れとした色香たっぷりの声の中で、握りしめた男根は一気に爆発に向かっていった。

4

モデル風ウォーキングの毬香が、腰を振って自宅のマンションに入っていく。見事なプロポーションにまとう赤いキャミソールドレスが、夜目にも鮮やかだった。

刑事という職業柄、新田は全く人に怪しまれることもなく毬香を尾行して、閉じかけた自動ドアの中にすべり入った。

毬香の部屋は三階にある。新田は階段を飛ぶようにして駆け上がり、毬香がエレベーターから出てくるのを非常階段の隅で待ちぶせした。

エレベーターから毬香が出てきた。部屋の前でキーを差し込んでいる。ドアノブを回した。むささびのようになった新田は、開きかかったドアに向かい、毬香の背中を押すようにして一緒に部屋に入りこんだ。

「あら伸吾、今日は遅いって言ってたのに？」

振り向こうとした毬香を後ろから抱きしめると、新田は尻ポケットからすばやく折り畳みナイフを出し、刃を出して毬香の頬《ほお》にひたと押しつけた。

「本格的なのね……今日のレイプごっこ」

毬香は玄関で、暴漢である新田の胸の中にすっぽりと入ったまま、新田の二の腕をいとおしそうにさすってきた。

ハンサムな伸吾に比べ、新田の顔は三流だが、背格好と筋肉質の体格だけは、大学ヨット部の恋人と似通っている。伸吾だと勘違いしている毬香が気づくかと思ってヒヤリとしたが、暗闇の中で毬香は本当に恋人だと思いこんでいる様子だ。

新田は目隠し代わりに、用意してきた小さな毛糸の帽子を、鼻の下まで覆《おお》うようにすっぽりと毬香にかぶせた。

「次はロープでぐるぐる巻きにするんでしょ」

目隠しされても毬香は安心しきっている。灯りをつけると、ご丁寧にも玄関の靴箱の上にはちゃんとロープまで用意してあった。

仕事中とストーカー中以外は四六時中、毬香を盗聴している新田は、毬香が最近同棲相手の伸吾とレイプごっこに熱中しているのを知っている。毬香はレイプ遊びに新しい快楽を覚えたらしく、興奮しまくって、本当にやられてみたい、とまで言ったのだ。

「帰ってきたら、あたしをレイプしてね」

そう言って自分でロープまで用意して、恋人の伸吾が今夜襲ってくるのを待っている予定だったのだ。

この機を逃してはならなかった。新田は伸吾より先にレイプを決行することにしたのだった。

新田は黙ったままでロープを使い、毬香を乱暴に後ろ手に縛った。

「ああん、痛い……」

新田はいまいましそうに舌打ちした。男心をとろかすような甘え声の毬香はかわいくてたまらなかったが、自分が恋人ではないのがくやしい。そう思うと怒りが湧《わ》き、震える指を抑えるようにしながら、ナイフの刃先で赤いドレスの布地を切り裂いていった。

「ひっ」

毬香のグラマーな身体が強張《こわば》った。ナイフを動かす。布地が音を立てて裂けていく。

ストラップレスのピンクのブラがあらわになった。

銀刃の切っ先が、カップを押し下げた。目にもまぶしいFカップの豊かな乳房が弾け出てきた。

「……いや、やめて」

本格的なレイプの仕業に、毬香は息を呑んだ。いつもと違う。そう思っているに違いなかった。

刃先で乳房の赤い実を突っついてみる。冷たい感触に、毬香の乳房がざざっと鳥肌を立てた。

「あう……お願い。傷だけはつけないで」

新田は毬香を抱き上げると、廊下を歩いて奥の部屋のドアを蹴《け》り開けた。毎夜の盗聴で想像していた通り、やはりそこは寝室だった。ダブルベッドがあり、出窓には見覚えのある白い胡蝶蘭の鉢が置いてあった。

レイプ魔らしく、新田は毬香をベッドに放り投げた。

「きゃあっ」

顔の半分、鼻の下までかぶった帽子の下から、赤いルージュを塗った形のいい唇が、妖《あや》しく濡れ光っている。フェロモンたっぷりの魅力的な白い裸身に、ナイフでずたずたに破られた赤のドレスが腰に巻きついている。めくれた裾《すそ》からは、すらりと伸びたナマ脚とパンティがのぞいていた。

本当は女神のような美貌を拝《おが》みたかったが、顔を見られるのを怖《おそ》れて我慢した。

しかし今、目の前に、恋い焦《こ》がれ、憧れてずっと狙い続けていた美女が、男を悩殺する格好で寝ているのだ。レイプごっこの怖れと好奇心に、鼓動が乱れ打ち、真っ白の豊満な乳房はあえぐように上下している。

「今日の伸吾……なんて乱暴なの」

毬香は熱い息を吐いた。

新田は、背中で手をくくられた屈辱的な姿の毬香に目を奪われていた。

美しい。輝くばかりの女体だった。背中でくくられているほっそりした腕も、長い脚も、熟れた女の色香が匂いたっている。まるで後光が射しているようだ。澄みきった白い肌が震えるさまは、神を冒瀆《ぼうとく》するほどに、あまりにも美しい。

新田はブラのカップからふくらみ出たような乳房を大きな手で揉《も》みしだいた。柔肌《やわはだ》が手にしっとりと吸《う》いついてくる。

乳房に顔を埋めて、舌で舐めまくった。毬香の肌からバニラのような匂いを吸い込むと、こらえきれなかった。ズボンの中で怒張が熱くしなってきた。

赤いドレスの破れ目に手を入れて、布地を思いきり裂いた。パンティを一気に引き下ろす。

毬香がぴくりと腰を引いた。新田はむっちりとした太ももを押し開いて、ほとんど無毛状態になった恥丘を舌で味わった。

はれぼったい花びらの中に鼻先をつっこんだ。そのまま匂いを嗅《か》ぐ。淡《あわ》い牝《めす》の香りを堪能してから、秘裂の中に舌を侵入させていった。

「あ……」

「あっ……うぅんっ」

毬香の花びらは、驚くほど蜜を溜《た》めていた。激情にかられて、新田はびらびらのすべてを舐め取り、代わりにたっぷりの唾液を流しこんでいく。

毬香は小さな悲鳴を洩《も》らしながら、腰をくねらせている。息づかいは乱れに乱れ、昂ぶりきったすすり泣きまで吹きこぼした。

しかし、もう男の我慢の限界だった。

新田は立ち上がり、服を脱ぎ捨てて素っ裸になった。

美女にのしかかり、たくましく充血した肉根で、毬香の紅い唇をなぞった。毬香は何と、赤い舌を出して自分から亀頭を舐めてきた。

気持ちいい。しかし、あまり丁寧になぞられたら、恋人との違いに気づくおそれがある。

血を吐《は》くような努力でやっと毬香の唇から肉傘を離すと、脈動する怒張の先端を毬香の中心にあてがった。

赤肉の先端をめりこませていく。

「いやあっ」

言葉とはうらはらに、明らかな喜びの叫びだった。

ずぶりと入れてみる。毬香はひいいと言ってのけぞった。

新田は逞《たくま》しい筋肉をうごめかせながら、引き絞り、今度は力強く腰を突き入れた。

「ああ……」

毬香が弓なりになった。秘口のあたりが輪になって、新田をきつく締めあげてくる。たまらず動かすと、熱い蜜が噴《ふ》きこぼれてきた。

人気絶頂の毬香とつながっていると思うだけで、新田の頭は痺れたようになり、男根はますます硬く、太くなる気がする。

今度はぐいぐいと甘い果肉へ打ち込んでいく。日頃鍛えているだけに、体力だけは自信がある。

深々と根もとまで突きこむと、腰を激しく動かし続けた。

「あぁっ……凄い……凄いわ」

苦悶し、のたうつ毬香を、新田は渾身《こんしん》の力をこめて凌辱《りょうじょく》した。乱暴に突き入れれば突き入れるほど、毬香の快感は燃え上がった。

「凄い。凄いのが来るうっ」

よがり泣く毬香の秘部からは、おもらしをしたかと思うほど大量の花蜜がしたたり、毬香のももを濡らしていた。

毬香はひくつきながら絶叫した。喉だけではなく、身体のすべてが快楽の波に引きつけを起こしたようになった。快楽に染め上げられた裸身は、あぶら汗にまみれている。

「ひいーっ……く、来る……来るう」

四肢の痙攣《けいれん》が起こり、毬香はひくっと大きく腰を浮かせた。そしてばたりとベッドに身体を落とし込み、そのまま動かなくなった。失神したらしい。

新田は、美しい顔の半分を覆っていた帽子を剝《は》がして、正体のない、紅潮した美女を見つめた。

とうとう毬香を犯した。顔も見られずに夢がかなったのだ。もう思い残すことはなかった。後は本物の恋人が来てバレる前に、ここから消え去るだけだ。

新田は服を身につけ、胡蝶蘭の根もとから盗聴器を探し出すと、ズボンのポケットにしまい込んだ。

こんなにうまく事が運んでいいものだろうか。新田は自らの幸運と鮮やかな手口ににやつきながら、マンションの自動ドアを出た。

突然、顔面を閃光《せんこう》が襲った。まぶしくて目があけられない。

カメラのストロボだった。

「スクープだ。原島毬香の恋人の写真を撮ったぞ」

男の興奮した声が聞こえる。

「違う。僕じゃない。僕は関係ないんだ。写真を返してくれ」

「嘘つくんじゃないよ。マンションに入ったところもみんな撮ってある」

「違うっ。間違いだ」

「おっ、まだ明日の第一面に間に合うぞ。弁明なら、記事を見てからにしろ」

パパラッチ男は、跳びかかろうとした新田からひらりと身をかわしてバイクにまたがると、轟音《ごうおん》を響かせて、通りをみるみる小さくなっていった。

つけこまれる女

みなみまき

著者・みなみまき
東京生まれ。陶芸家を目指して修業中にその資金調達のためアルバイトで始めたライターの仕事にのめりこみ、官能小説を書き始める。アイディアの斬新さに定評がある女流作家である。『女子医大生　秘唇の合鍵』などの著書が、若いファンを増やし続けている。

1

志津子《しづこ》は、自分の声で目を覚《さ》ました。

夢の余韻があって、志津子の胸はドキドキしていた。

夢の中に隣室の男が出てきた。

それが志津子の羞恥《しゅうち》を煽《あお》った。

(嫌だわ。あんな男が出てくるなんて……)

志津子の顔が赤らんだ。

このごろ、隣室の安井《やすい》が変なことをする。

「阿部《あべ》さんよ、これ、おたくの下着だろう」

数日前、安井が志津子の部屋に来て、そう言った。

安井は志津子のドアチャイムをよく鳴らす。志津子はそれがうっとうしい。

安井はアパートの古い住人で、大家に頼られているのか、管理人のようなこともしている。だから、志津子はドアを開くしかない。

安井の手に、確かに志津子の下着があった。

まるめられたピンク色のパンティーを志津子は慌《あわ》てて引き取った。

その時、安井の剝《む》きだしの腕に志津子の目がいった。

めずらしく暖かい日で汗ばむような感じであった。けれども、そうかといって、Tシャツ一枚という季節ではない。

安井の上半身は半袖のTシャツのみであった。さらに袖をたくし上げ、肩の筋肉が剝き出しであった。わざと、という感じであった。

志津子はその力強い筋肉の束《たば》の動きに目を吸い寄せられてしまった。

なんとなく、はしたない妄想が浮かんだ。

何か、とんでもないものを見せつけられたような気がして、それを目で確かめてみたいような、なんとも焦《じ》れったいような恥ずかしい欲望であった。

薄いTシャツがぴったりと安井の胸板に張りついて、胸の輪郭があらわであった。

安井は長距離のトラック運転手をしている男であった。三十代の半《なか》ばぐらいの年齢だろうが、粗雑な口をきき、相手を煽るような態度を、いつもとるのだ。

「嫌だわ。これ、どういうこと?」

「どういうことといっても、そこの……」

と、安井はアゴをしゃくった。アパートの出入口横には自転車置き場がある。安井のアゴはそちらを指している。

「そこの隅っこに丸めて捨てられてた。あんたんとこはスケスケやらレースやらの下着を干してるだろう。下着ドロじゃないか？　若い女はこのアパートじゃ、あんただけだしな」

スケスケやらレースやら……という言葉に志津子はカッとなった。下着がときどき、紛失するが、じつは、志津子は安井こそ、その犯人だろうと思っている。

志津子は何か言いたかった。私にかまわないで、という思いもあった。入居当時、安井は何かと親切にしてくれた。それが、だんだんと押しつけがましい好意に変わり、このごろでは妙にずうずうしい態度をとる。

志津子は結局、「どうもすみません」とだけ言ってドアを閉めた。だが、それから、下着を何気なく広げて、「あっ」となった。

パンティーのレース地の部分にベトつくものが付着していたのだ。それと同時に栗《くり》の花の匂いのような、あるいは青い草のような匂いがムーッとした。

志津子はとっさに捨てたものの、安井の気持ちを計りかねていた。

安井自身があの下着を使って自慰をしたのに違いないという思いがあった。女物の下着を拾ったりすれば、男なら、まず、それを広げて見てみるだろう。そこに他の男の体液の跡があるとわかれば、捨てるのが普通である。

わざわざ、持ってきたというのは、志津子にその汚れを見せたかったからに違いない。

なまなましいベトつきの感じや匂いからしても、それは射精した直後のように思えた。

あきらかにからかっている訳で志津子は不安を覚えた。

そんな不安を覚えつつも、志津子は安井の逞《たくま》しい腕の筋肉を思い出していた。

その、もつれ絡《から》まるような気持ちがそのまま夢の中に出てきたのかもしれない。

夢の中で、志津子は安井に組み敷かれていた。男と女が、当然、合わせる部分を合わせて、その部分をしきりにくねらせていたのだ。

「ああ……いい、いいわあ……ねえ、もっとして」

志津子は夢の中でそんな言葉を吐《は》いた。

陰毛がもつれて、そこにネバッとした汁が何重にも溢《あふ》れ出た感触が思い出された。

「ああ、こんなの、久しぶり」

「そうか？　まだ、三分の一も入ってないぞ」

「いや。もう、どうにかなりそう」

安井は図にのって、夢の中で、ぬらつく部分をせわしなく振ってきた。

「あんたを天国、イカしたる……」

安井の言葉が急に関西弁に変わった。

そこで志津子は声をあげ、目を覚ましたのである。

夢の中での感触が志津子の腿《もも》と腿の合わせ目にハッキリと残っていた。手を触れていないのに、そこには女がもよおした時の証拠がありありであった。

「嫌だわ……」

声に出して言い、志津子は乱れた髪の毛を搔《か》き上げた。

「どうしたの。何が嫌なんだ」

横から手が伸びて、志津子の体を三浦《みうら》が引き寄せた。

「変な夢を見ていたのよ」

志津子は三浦を見た。

「変な夢？　怖《こわ》い夢か？」

「ううん。いやらしい夢。男が私にのしかかってきたわ」

「知ってる男？」

「ううん……。知らない男よ」

志津子は、ぼかして、そう答えた。

2

志津子のアパートは江戸川《えどがわ》の近くにある。矢切《やぎ》りの渡し場が近くにあり、川の向こう側が東京、こちら側が千葉《ちば》だ。

このアパートに越して、二年がたっている。

隣室の安井が、「若い女はこのアパートじゃ、あんただけ」と言ったが、志津子は既に三十三歳である。年齢よりはずっと若く見えるが、若い女などと言われて苦笑した。

「女も、そういう夢を見るのか」

三浦の手が志津子の手を、自身の体の一点へと引き寄せた。その部分は勢いづいていて志津子の手を必要としているようだった。

昨夜、三浦は志津子の股の縮《ちぢ》れ毛の間を執拗《しつよう》に舐《な》めた。舐め回されて、志津子のその部分が、くつろいだようになった。

肉層がとろけて、その表面がむず痒《がゆ》くなって、志津子は喘《あえ》いだ。はしたないことをしているという状態が、志津子を煽って、志津子はシーツの上で股の間をせわしなく揺すった。

「気持ち……いいのか」

三浦が呻《うめ》くように言った。

「ああ……いい……とっても、いい」

「そうなんだ。志津子はこういうのが好きなんだ」

三浦が驚いたように志津子を見た。その唇のまわりが志津子の粘液でねっとりと濡《ぬ》れ光っていた。

「もっと、して……」

「何を？」

「だから……舐めて」

「アソコを、舐められるの、好きなんだ」

「ええ……好きよ」

「驚いたよ」

三浦が志津子を熱っぽい目で見た。

「えっ？　何が……」

「いや。志津子はいつもおとなしいから。おとなしい女が、『舐められるの、好き』なんて言うから、ドキリとする」

三浦は興奮をあらわにして、志津子の潤みの中に勃起を素早く潜り込ませてきた。お互いの陰毛がジャリジャリとこすれて、志津子は快感に声をあげたのだった。

昨夜は激しかった……。

その余韻が三浦の中に残っているのだろうか。三浦は、志津子の見た淫夢の内容を知りたがった。目が、燃えているような感じだ。

「犯された夢だったの。恥ずかしいポーズをとらされて。私、困っちゃった」

聞いて、三浦が笑った。

「困っちゃったは無いだろう。夢なのに」

「それはそうね。きっと、あれだわ」

志津子はチラリと三浦を見た。

「きのうの夜、マスターが私のを舐めたりしたから。それで、私、変な夢を見たんだわ」

三浦の店は松戸《まつど》にある。松戸駅近くのパチンコ屋の裏手の大衆割烹《かっぽう》である。カウンター席が七つと、畳の間にテーブルが三つある。

志津子はその店で働いている。

パチンコ屋の横の路地を入ってすぐの場所にあり、ごみごみとした一帯だ。

どうということのない店構えだが、料理が案外にうまく、その割に値段が安い。適度に客を放っておくのも良く、まずまずの入りだ。

駅までは帰ってきたものの、すぐに自宅には戻りたくないという男の心理か、住宅地に近い居酒屋には一人客の常連が多い。そんな常連客の一人に、「掃《は》きだめに鶴だな」と、志津子は言われたことがある。

志津子は、初め、同じ路地にあるスナック店への面接のためにやってきたのだった。ところが、ふと、三浦の店の前に〝求人〟の貼り紙を見て、不意に気が変わって、三浦の店の引き戸を開けたのだった。

三浦と関係するようになったのは、半年前のことである。三浦は、案外に、女には堅い男だった。その三浦が、少しずつ、志津子に想いを寄せてきて志津子は断わりきれなくなって関係を持ってしまった。志津子には、そういう、もろいところがあるのだ。

四十代の後半の三浦には家庭があって、妻を店には絶対に出さないという古風な男だ。そんな三浦が、このごろ、志津子の部屋に来たがるようになって、志津子は少し困っているのだった。

「深入りしたくはないわ」

志津子がそう言うと、三浦は、「逃げる気か」などと言う。そういうわずらわしさが嫌だから、初めて寝た時に、「大人の関係でいて欲しい」と釘を刺したはずだったが、「他に男がいるのか」とも、聞いてくる。

一度、「そういう三浦さんって、うっとうしいわ」と言ったら、ぶたれたことがあった。男にぶたれるというのは、性的な作用ももたらす。志津子はその夜、酷《ひど》く乱れて、むしろ、三浦を煽ってしまった。

「女ってのは怖いな。底が知れない……」

終えたあとで、三浦が呟《つぶや》いた。

その夜以来、三浦のセックスがしつこくなった。志津子の体を裏にしたり、ひっくり返したりと、いろいろなことをするようになった。

そして、昨夜は、ついに、オーラルセックスにたどりついた。三浦はずっと前から、したかったようだが、昨夜、志津子のモノを舐めてから、初めて、「俺のも……舐めてくれるか」と要求をしたのである。

志津子は三浦の勃起を舐め、しゃぶり、四十男を翻弄《ほんろう》した。

三浦だって、オーラルは初体験ではなかっただろう。しかし、志津子に自分のモノを舐めさせた、というのが、三浦にはたまらない刺激だったらしい。

もう一度、その刺激が欲しくて、三浦は目を覚ましてすぐに、志津子の手を自分の下腹部に導いたのだ。

志津子の手は三浦の縮れ毛をいじっていた。

男の体のこの部分に生えている毛を、志津子はいじるのが好きだった。毛深く、獣《けもの》じみているこの部分こそ、男が持っている武器だと、実感する。三浦の下腹部のモノは既に昂《たか》ぶっていて、志津子の手にあまるほどである。

二人は昨夜から、全裸のままであった。

志津子の五本の指がゾロリと撫《な》で、そのモノの根元を握って、しっかりと立たせた。

「志津子、舐めてくれ」

志津子は髪の毛を掻き上げて、三浦の先端部に濡れた舌をあてがった。膨《ふく》れきったその表面に舌先をそよがせ、唾液の跡をねっとりとつけ、鈴口をえぐった。

三浦が喘ぎ、フーッと息を吐いた。志津子は三浦のモノの舌触わりと匂いを楽しんだ。

男の下腹部のモノを舐めるというのは、志津子にとって、強い刺激剤だった。志津子の舌は、膨れの下へと這《は》い滑《すべ》って、肉根の裏筋をくねくねと舐め下ろした。肉が引きつれたようなその部分を執拗に舐め回すと、三浦の勃起がいっそう、引き締まってきた。

「志津子はうまいな。誰がそんなやりかたを志津子に教えたんだろう。圧倒されるよ」

三浦の声が、かすれていた。

「私は、前から、こんなふうに、マスターのモノを口に入れたかったわ」

「アバズレって訳か」

言われて、志津子は三浦を見た。三浦の目が泳いで、「いや……」と、ためらうように続けた。

「俺は、志津子に翻弄されたいよ。女の口に弄《もてあそ》ばれるって、いいもんだな。志津子にしゃぶられて、男も乱れるって、知ったよ。俺は志津子に、もっと、弄ばれたいよ」

「いいわよ。オニイさん」

志津子はふざけて、三浦の下腹部のモノを口で弄んだ。濡れた舌先で袋の裏をしつこく突ついて、次には、その舌先を滑り上がらせて、膨れあがった先端部へと戻っていった。

志津子はその先端を柔らかい唇でゆっくりと包み込んでいった。

オトコの輪郭を口で確かめるように舐めしゃぶって、優しく吸った。

三浦が腰を揺らし、軽い呻き声をあげる。

志津子は唇を引き上げ、茹《ゆ》だったような肉根に跨《また》がっていった。恥ずかしい部分を積極的に相手の王冠部にこすりつけ、ゆるやかに腰を使っていく……。

腰いっぱいに広がっていく感覚に、志津子は酔いしれた。男と女が、恥ずかしい部分を繋《つな》げて、こすれ合わせる。二人のため息が洩《も》れて、湿音が広がっていく。

「マスター、私の手首、おさえて」

志津子は三浦の首筋をひと舐めして言った。

「ん？　こうか？」

今度は、三浦が上になって、腰を動かし始めた。三浦の両手が志津子の両手首を布団《ふとん》に押しつける。志津子の盛り上がった乳房がブルブルと揺れ、乳首が突っ立ってきた。のしかかるようにして、三浦が大きく抜き差しをしてきた。

「もっと、いじめて……」

志津子の声は弱々しかった。

それでいて、志津子の股の間は、迎え腰をするように吊り上がってくる。

「ん……ん……、ううっ！」

志津子が呻いて、三浦が腰を抜いた。

ドロリとした温かいものが、志津子の腿を濡らしていった。

三浦が部屋を出たのは昼近くだった。そのまま、「まっすぐ、店に行く」と三浦は言った。

客がなかなか帰らないような時に、三浦は店に泊まることがある。三浦は、妻には、店に泊まった、と言い訳をするのだろう。

(別れたほうがいいかもしれない)

志津子は、ぼんやりとそう思った。

いっそ、引っ越そうかとも思う。そうすれば、隣室の安井の顔も見ないで済む。

「どうして、こんなアパートを好むのか。もっと小ぎれいなマンションにしたらいい」

と、三浦は言ったが、志津子は気に入っていた。もう少し長くいられるだろうと思っていた自分が甘かったのだろうか。

今度は、どこに行けば良いのか。

3

「阿部さんよ」

安井の声がして、ドアチャイムが鳴った。

(もうっ、いい加減にして)

と、ドアを開いた志津子の目の前に菓子折りが差し出された。夜も遅い時間である。

「神戸《こうべ》のみやげ。ここんとこ、俺はあっち方面の荷が多くてね。あんたも懐《なつ》かしいだろう」

ここしばらく、隣室が静かだと思っていただけに、いきなりの言葉に志津子は茫然《ぼうぜん》とした。志津子が神戸にいたことを、安井に言った覚えは無かった……。

「あんた、あっち方面じゃ、有名人だな、なあ、夏目《なつめ》……さんよ」

夏目、と本名を呼ばれて、志津子はうろたえた。「私は、阿部です……」と言う志津子の手首を安井の手がギュッと摑《つか》んだ。

「わかってるんだ。あんた、夏目志津子っていうんだろう。阿部ってのは嘘《うそ》っぱちだな」

志津子は安井を見て、ゴクッと唾《つば》を飲み込んだ。安井の指が志津子の指の股をさすった。

「いつから……知ってたの」

「一カ月前からだ。あっちの方の地方紙で過去の事件を取り上げてるよ、あんたの記事を見つけた。いやあ、びっくりしたよ！」

一カ月といえば、下着の件があった頃だ。

「SM殺人で逃げてるんだって？　きのうもう一度、むこうで、地方紙の当時の記事まで調べ上げたんだ。間違いなくあんただよ」

「それ、誰かに言ったの？」

「言う訳ねえよ。もう、忘れられた事件だったんだろうが、最近、時効寸前でとっつかまるのが多いだろう。それで、あんたの事件も記事になった。小さい記事だが写真入りだ」

安井が唇を舐めて言った。その顔が、昔の宇月《うづき》という男に重なって見えた……。

慌てて、志津子は安井を部屋に引き入れた。

志津子は当時、二十三歳だった。

英治《えいじ》という男に求められて結婚をして、半年目の頃であった。

宇月は、夫の英治の仕事先での先輩だった。

その宇月が、夫の留守にやってきたのだ。

英治はビルの保守管理の仕事をしていた。

人は良いが、女にモテた例《ため》しの無い英治である。志津子はそこに安心を覚えたのだ。

英治の結婚はちょっとした話題を呼んだ。

「どうしてあんな美人が」

「これだから、世の中、わからんわ」

「英治、一人でいて良かったなあ」

皆が言い、英治も舞い上がっていた。英治は三十五歳になっており、ひとまわりも年下の、しかも、「いい女やないか」と羨《うらや》ましがられる新妻を手に入れたのである。

英治は新妻を見せびらかしたくて自宅で酒盛りをよくやった。そんな時に、「英治、お前、ええモン、持っとるんやろ」などと、下ネタ方面の話題が飛び交い、英治がまた、調子に乗って、あれこれとしゃべるのだ。

志津子はほっそりとした体つきに見えるが、脱ぐと乳房がずっしりと大きく、くびれたウエストの下には肉づきのよい腰があり、むっちりとした体である。黒い恥毛が固く詰まったようにびっしりと生えており、なまめかしいその女体に英治は夢中だった。

ある夜、そんな酒盛りの時、志津子は煙草《たばこ》を買いに外に出た。そして、戻ってきた時、

「ヨメさん、感度がええのか……」

先輩の宇月の妙にねっとりとした声が聞こえたのだった。宇月は四十半ばの男だった。

「えらい、反応しますわ」

英治が言うと、皆が、「ほう！」と言った。

「そら、ええなあ、お前、裏に返したりもするんか。バックでやったら肛門まる見えや」

宇月の言葉に他の者がどっと笑った。志津子は恥ずかしくなり、その夜はもう、酒の席に顔を出さなかった。

その宇月が、英治の出勤のあとに、家にやってきて、上がりこんでしまったのだった。

午前中だったが、宇月からは酒の匂いがした。夜勤明けだった宇月は、仕事を終えて朝酒を飲んでやってきたのだ。

「おかしいなあ。約束したんやが」

宇月はそんなことを言ったが、目がおかしかった。志津子が電話で夫を呼び出そうと立ち上がった時だった。

「ええやないか。奥さん……」

熱い息を吹きかけられて、奥の部屋に連れ込まれてしまった。その部屋は夫婦の寝室であり、まだ、布団が敷かれたままだった。カーテンも閉めきってあり、一気になま臭い現場になってしまった。

志津子は全裸に剝かれ、縮れ毛の間をゾロリと撫でられた。どんなにもがいても、その手をはずすことが出来ず、そのうちに、志津子のそこはねっとりと濡れてきてしまった。

「どや。ええ気持ちやろ。こういうのんが好みやろう。英治では物足らんはずや」

指を巧《たく》みに這わせては陰核に愛液をこすりつけてくる。志津子は喘ぎ、「嫌っ」と言いつつ、ぐったりとなってしまった。

「それでええんや。ほれ、プレゼント」

宇月が顔を埋《う》めて、志津子の秘園を舐め回した。志津子は、もう、そのねっとりとした感触に魅せられていた。

宇月がズボンと下着を脱ぎ捨て、男の淫《みだ》ら地帯を志津子の目前にさらした。薄暗い部屋の中で、剛毛の地帯がせまってきた。

湯気をたてたような肉根と陰のうが揺れていた。圧倒的なその姿に、志津子の体の中のオンナの部分が反応をした。

宇月が言うように、志津子は英治では物足りなかったのだ。

志津子は四国《しこく》の生まれで、義理の父との二人暮らしだった。母親が病死して、そうなったのだが、志津子はこの義父のセックスの相手をさせられた。初めは嫌で仕様がなかったことが、そのうちに、したくてたまらないようになった。義父の逞しい腰の群れ毛のあたりを見ると、体がカーッと熱くなってくる。

そんな自分が嫌で、志津子は十九歳の時に家出をして、あちこち流れて神戸に住んだ。食堂でアルバイトをしていて、志津子は英治と知り合った。義父とはあきらかに違うタイプで、志津子はそこにこそ、魅《ひ》かれた。

英治はセックスが下手だった。

あれこれをしてとは言えないから、志津子は一人で、拳《こぶし》を口に当てては、もう片方の手を秘所に這わせて、身悶《みもだ》えたりしていた。

宇月の、湯気をたてているようなそそり立ちを見せつけられ、志津子は催眠《さいみん》術にでもかけられたようにフラフラとなった。

「しゃぶらせたるで。ほれ……」

宇月が志津子の顔を跨ぎ、その匂いたつモノで志津子の頰《ほお》を叩《たた》いた。

「いや……どうすればええの……」

「ゴチャゴチャ言うても駄目や。英治が言うてた。ウチのヨメさん、してくれるて……」

「ひ……いっ……」

「おおっ! うまいやないか……」

宇月が唸《うな》り声をあげた。志津子にしゃぶらせながら、その手が志津子の股の間を巧みにさすり回してくる。志津子はそういうのに弱いのだった。少女の頃から、下卑た性技に慣らされた体だ。志津子の体は宇月のような男にこそ、反応をするのだ。

「たまらんな。あんたの、オトコ欲しいゆうて、泣いてるがな。ハメて欲しいのか」

「いい! いいのよ……したくない」

「いいから。ほれ、こうしたらええやろが」

「いや……やめて……」

宇月はせせら笑って、ゆっくりと、腰を入れてきた。亀裂を洗うように、巧みに腰を使い、やがては根元まで差し入れて、志津子の耳たぶを舐め、甘く囁《ささや》いた。

「あんたを天国、イカしたる……」

志津子は乱れた。それ以来、志津子は義父と同じように宇月との関係をだらだら続けた。

どろ沼のようなセックスの中に、相手の体を縛《しば》って、というのがあった。英治の留守にやってきた宇月が、あの日は手足を縛られたのである。宇月が求めたのであった。

行為中に、「首、締めてくれ」と要求されて、志津子はナイロンストッキングを宇月の首に巻いて締めた。遊びのはずだった……。

「ごっついこと、しよるわ。ほんま……」

要求しておきながら宇月が言った。

宇月の目が光って、「もっと、締めろ」と言う。ストッキングは、よく伸びる。一方を床から出ているドア止めの金具に結びつけた。

開いたドアが閉まらないように、ドアにフックをかける金具である。行為がエスカレートして、そこで、志津子の嫌悪というものが膨れあがってきた。義父の顔がダブって……。

気がついたら、志津子は宇月から離れ、ストッキングのもう片方を自分の手首に巻きつけて、思いっきり、ドアとは反対方向へ引き絞っていたのである。

志津子は、そのまま、逃げた。預金を下ろして、その金で関東へと流れてきた。十年たって、西の言葉もすっかり使わなくなった。

4

「そんな話を聞いてたら……俺のが、こんなになっちまったよ」

酒を飲んで聞いていた安井が、ズボンを脱ぎ下ろして群れ毛のあたりを見せた。安井は手を添えて、そのモノをしごいた。三浦のモノよりも、ひと回りも大きく獣じみて見えた。

志津子は、思わず、喉《のど》を鳴らしてしまった。

王冠部に、既にねっとりと汁が浮いていた。

「しゃぶれよ。こういうのに弱いんだろう」

図星《ずぼし》だった。志津子は口の中に唾が溜《た》まるのを感じた。そのモノに唇を被《かぶ》せて、王冠部のくびれあたりまでをしゃぶり、唇の輪でキュッキュッとしごいた。

「うまいな。な、アレ、しよう」

うながされて、全裸となった。安井もすっ裸になって、すぐに、志津子の乳房を揉《も》みしだき、次には太腿をさすり、縮れ毛に触れた。

「いきなり……すぎるわよ」

「何言う。男と女、これが気持ちを通じさせる手っ取り早い方法だろうが。な、あんたの生え具合を見せてくれ。ケツの穴のほうまで生えてんじゃねえか。なあ、見せてくれよ」

太腿をグイと広げられ、志津子はそのポーズをとらされた。安井が唸るような声を出す。

「また、いやらしい生えかたしてるなあ、ぐるりと、まっくろけじゃねえか」

安井の指先が陰毛をゾロリと撫で回した。

志津子は喘ぎ、腰をけしかけるように動かしてしまった。股の間のどろどろの部分がとろけきって、志津子はため息を洩らした。

どうすることも出来ない。志津子は、こうした男に、いいようにされてしまう。

「ううっ……ふうっ」

志津子は顔を振った。三浦のモノとはあきらかに違う感触のモノだった。どこがどうとは言えないのだが、その、あやすような腰の使いかたや、勃起を遊ばせる感じが、たまらなく気持ちが良いのだ。

ゆっくりと抜き差しをされて、志津子も合わせるように股の間を動かした。ねっとりと濡れている部分をしゃくり上げて、相手のモノを追うような動きをしてしまった。

「本気、出してきたなあ、もっと、色っぽく腰を振ってくれよ」

唇を舐めながら、安井の手が、根元まで没入しているあたりをネロネロと撫で回した。

二人のため息が洩れ出て、湿音が広がっていった。没入したモノが内部でゆるやかに動く。お互いの縮れ毛が絡まって、そこにいやらしい液が広がっていった。

「たまんねえな……。汁がどっぷり、くる」

安井は深々と貫《つらぬ》いて、やがては、大きく抜き差しを始めた。安井の手が志津子の手首を押さえつけ、「腰、もっと振れ」と言う。

志津子が無視をすると、安井の手が飛んできた。頬をぶたれて、志津子は喘いだ。

「もっと、いじめて……」

弱々しく言った。

「おら。こうか」

深々と没入したモノが激しく出入りをした。

志津子の体が強く反応し、相手にしがみついていったのだった。

間の悪いことに、終えてすぐのところに三浦がやってきた。三浦は合鍵を持っている。

志津子は店を辞め、三浦に別れ話を切り出していた。引っ越しも考えていた矢先だ。

三浦は二人を見て、沈黙した。

志津子は、この三浦と、抜き差しならない深い仲になるのを何よりも恐れていた。この十年間、関係が深くなった男は、必ず志津子の総《すべ》てを知りたがったからだった。

「ふん。そういうことか……」

生真面目《きまじめ》な性格だけに、とりつくしまも無かった。三浦はそのまま、部屋を出ていった。

その三浦が、再び志津子の部屋にやってきたのは、一週間後のことだ。

「俺は……わからなくなった」

「ごめんなさい。私が悪いんです」

「志津子は、夏目というのが本名か？」

志津子はギクリとした。「違う」と言おうとして、志津子は考えを変えた。

「そうよ。私のことがわかったのね」

「志津子の履歴書が全部デタラメなのは前から知ってた。それに、一度、写真を撮《と》ったらとても嫌がって。何かあるのかと気になってた。この間、俺はカッとなって、それで」

店の常連客の一人に、「じつは警察関係の人間がいる」と言う。三浦は冗談半分で、その客に、志津子の履歴書とスナップ写真を手渡した。防犯課の人間だが、試しに志津子の写真を他の課に回してみたら……。

志津子の指紋が付いた酒のボトルを提出してくれと電話が入ったという。

「俺はわからなくなった。なあ、志津子、どうする？　早く逃げてくれ」

一人で静かに酒を飲む客がいた。店の古い常連だが、職業は知らなかった。あの男が警察関係者だったのかと、ぼんやり思った。

「掃きだめに鶴だな……」

と、ポツリと言った男であった。

貢《みつ》ぎたい女

内藤みか

著者・内藤《ないとう》みか

女子大生時にデビュー以来、官能小説雑誌で活躍。18禁パソコンゲームの解説も手がけ、この方面への造詣も深い。得意な官能分野は学園モノ、若妻モノ、母乳モノ。男性からはうかがい知れない女性独得の心理を描いて人気がある。

1

大好き。大好き。大好き……。

先日撮《と》った彼の写真を眺めて、ため息をついた。にっこりとこちらに微笑《ほほえ》んでいるその顔は、秘《ひそ》かにいいなと思っていた美少年タレントによく似ている。こんな男と、私は、恋に落ちてみたかったのだ。私は何度も何度も、写真の彼の唇めがけて、キスを送る。

今日は最愛の彼とのデートの日だ。ピンク色の胸元が大きく開いたサテン地のワンピースが鏡に映《うつ》る。ちょっと派手かなと思ったが、彼の目線を自慢のDカップの胸に集めたかったから、この格好で出ることに、する。

本当に、夢みたいだった。一八四センチのすらりとした身体《からだ》が駅の改札の前で、私に手を振ってくれているのを見た時は、天にも昇る気持ちだった。私達は、二人で楽しくフランス料理を食べた後は、手をつないで駐車場まで歩いた。私は彼の真っ白いスーツの袖に頬《ほお》を寄せた。彼の車に乗り、二人で深夜の街に走り出した時も、生きていてよかったな、と心から、思った。

十九歳の彼のハンドルを握る横顔は、普段の優しげな顔とは違い、真剣で、まっすぐに前を見つめている。大きな瞳《ひとみ》を見開いている彼の横顔を、私は遠慮なくうっとりと見つめた。運転に一所懸命なのだから、私の視線など、気づかないだろう、と思ったのだ。

だが、彼は、信号が赤になった時に、くる、と助手席の私に向き直り、

「今、ずっと、俺のこと、見てたでしょ」

と、問い詰めてきた。

「さあね」

私は惚《とぼ》けたのだけど、

「わかってんだぞ」

と彼がおどけ口調で、私の顔を覗《のぞ》き込んでくる。彼の顔が、息がかかるほどに、そばにくる。

「なんで、俺のこと、そんなに、見るの」

答えなんてわかりきってるくせに、意地悪な彼は、そう、問い詰めてくる。

「……綺麗だから、見とれてたの……」

私は素直にそう告げた。彼の顔が、嬉《うれ》しそうに、ぱっ、と輝く。自分が美しい、と自覚しているからだ。近頃の綺麗めの男の子達はみんな、そうだ。女性達が男を美醜で価値判断するようになっているせいである。その昔、男達が女を外見で選んでいた時代のよう

に、私達は今、争って、見栄《みば》えのいい男を連れ歩くようになった。いかにイイ男を寄り添わせているか、が女の価値を上げるだなんて。本当にいつの間《ま》にか男女の逆転現象が私達の肌の奥深くにまで浸透してしまっていた。

だけど、見栄《みえ》とかじゃなくて、私は、心から彼、駿也《しゅんや》を愛していた。彼は、本当に綺麗だった。ぱっちり見開いた瞳は、甘えるようなすがるような、頼りなげな光を放っていて、それが女心を妙にくすぐるのだ。いつも少しだけ自信がなさそうな顔をして、私に(俺、これでいいのかな)と尋《たず》ねるかのように目線を送ってくる。ハンサムなくせに、ちょっと内気なのが、ひどく可愛らしかった。

昔、女は男に高収入や高学歴を望んでいたようだけど、私はそんなものは何も要《い》らない、と思った。私が稼ぐから、あなたはいつまでも綺麗でいてね、と本気で思っていた。だって、そばにいてくれるだけで、私をこれほどまでに昂《たか》ぶらせてくれるのだ。他に、何を望むことが、あるだろうか。

綺麗に染まった彼の金色の髪は、肩の辺《あた》りでシャンプーの香りと共に、ふわふわと揺れている。太くて濃くて上がっている眉とは対照的に、繊細なヘアを、私はそっと撫《な》でた。

「…………」

嬉しそうに目を細め、彼がなお、顔を近づけてくる。

これ以上近づいたら、顔と顔とがくっついてしまう。彼の大きな瞳が、目の前に迫っていた。反射的に目を瞑《つぶ》ると、唇に彼の体温が触れた。ひどく柔らかくて温かいキスに、全身が溶《と》けそうになる。

「あッ……」

「……ありがと……」

私は小さな声で、お礼を言った。

「なんで、お礼なんて言ってんの～」

彼がのんびりした声で、答える。信号が青になったので、彼の視線は前を向いたままだ。

「だって……嬉しかったから……」

涙が滲《にじ》んできそうになって、私は慌《あわ》てて作り笑いをした。私は本当に駿也が大切だった。誰だって食事を摂《と》るための口を持っている。だのに、私は駿也の唇だけに、こんなにも、反応する。彼がエネルギーを補給している器官は、私の心の中まで満タンにする機能を、持っている。

私は、本当に、幸せだった。

車が停《と》まり、彼のエスコートで店の中に入っても、私の幸福感はずっと持続したままだった。そして、口々に飛ぶ「いらっしゃいませ！」の声が恥ずかしくて顔を横に向けた時、目の前に全身鏡があることに気づいた。

そこには、少し疲れた顔をしている三十路《みそじ》女が映っていた。なんでこんなもの、置いておくんだろう、と私はため息をついた。

だけど、私は幸せだった。こうして彼と入ったのがホストクラブで、彼はホストで、私はお客だという立場であっても。

たった今のフレンチレストランでのデートも、結局は同伴出勤という名前のものであって、食事代は全額私が出しているのだという事実も。彼と私とは十歳以上離れている、ということも。今のキスだって、きっとサービスの一環なんだろう、ということも。全部、私は理解している。

だけど、それでも駿也が好きで、見つめられると、言葉は下品だけど、イッてしまいそうになる。夫なんかよりもずっとずっと、彼はセクシーで、私はたぶん、いつか抱かれたい、という夢があるから、人妻のクセに、こうして彼にすがりついているのかも、しれない。

2

駿也に初めて会ったのは、二ヵ月ほど前のことだった。友達が一度ホストクラブへ行ってみたい、とあまりにも言うので、互いの夫が出張の夜に、二人して、夜の歌舞伎町《かぶき》へ繰り出してみた。私達は社宅に住んでいるので、夫の出張の日も、同じであることが多いのだ。

書店では今、ホスト情報誌などというものを売っていて、友人はそれを見て、興味を持ってしまったのである。ずらずらと茶髪に色黒の、同じような顔のホストばかりが並んでいる、顔見せ雑誌だった。

この不況下で、ホストクラブだけは怖ろしい勢いで増え続けている、とその雑誌の記事に書いてあった。シケた世の中だけど、風俗嬢だけはやっぱりお金を持っている。だから、彼女達のお金目当てのホスト達が続々と生まれているのだそうだ。

「汚いわ。つまり、ヒモってことでしょ。女の人に貢《みつ》がせようって魂胆なんでしょ」

私はそれを読んで、その時は、すごく憤慨した。二十歳《はたち》やそこらでまだ若いんだから、そんなたるんだこと言ってないで、仕事を探して、地道に働けばいいのよ、と思ったからだ。ホスト達がどうやって風俗嬢に貢がせるかなんて、その世界に縁のない私のような人妻でも、すぐに見当がつく。エッチなことをしたり、甘い言葉を囁《ささや》いたりしてきたりするに違いないのだ。

そんな、獲物を待っている男達のいるところに、なぜ、わざわざワナに堕《お》ちに行くのか。私は友人の気がしれなかったが、

「社会見学よ」

と言われると、そうかな、と思い、ついていってしまったのだ。彼女とは、夫の留守の間にパチンコやショット・バーなど、ちょっとアブナイ遊びを一緒にしてきた。今回もその一環なのだろうし、私も彼女も、ホストに貢ぐ気など、まったく、なかったのだし。

ホストクラブは、風俗嬢達の営業が終わる深夜一時に一斉にオープンする。新宿コマ劇場の裏の道を進むと、通称ホスト通りと呼ばれる、華《はな》やかなネオンが煌《きら》めくところに出る。そしてあちこちの店の前に、スーツ姿の男達がきりりと立っていた。

友達はカリスマホストを一度見てみたい、とかで行く店をもう決めていた。二人で地図を見ながらなんとか辿《たど》り着いたそこは、豪華なシャンデリアが幾《いく》つも垂《た》れ下がり、壁が鏡張りの、キラキラの内装をしていた。

真っ赤なソファに腰を降ろし、落ち着かずにきょろきょろしていた私は、背の高い少年

がこちらに歩いてくるのを、目にした。

ナイーブそうな繊細そうな顔に見とれ、瞳が綺麗に澄《す》んでいて綺麗な男の子だな、と思った。あれほどの美少年なら、きっとすごく人気があるのだろうな、とも思った。

友達と雑誌でホストについて予習してきたので、店には毎月の売上順位争いがあることも、わかっている。堂々売上一位に輝いたホストは、その店のナンバーワン、と呼ばれ、ホスト達から一目置かれるようになるという。

この店にはTVにも出ているカリスマホストがいて、その人は月に百本以上の指名が入り、売上は一千万円以上を誇っているらしい。

その少年は、私達の席の方へ、歩いてきた。まさか、このテーブルに来るんだろうか……と思った時、私の心臓は、不覚にも、どきん、どきんと高鳴った。アイドルみたいな可愛い男の子が、私のソファの左隣りに座り、

「一杯いただいてもよろしいでしょうか」

と柔らかい声を出した。

「ど、どうぞ……」

私は顔を強張《こわば》らせて頷《うなず》いた。どうしても、彼から目線を反《そ》らすことが、できない。

「初めまして、駿也です」

彼が名刺を差し出した。黒字に金色で、駿也、とプリントしてある。

「しゅんや、と読むの？」

「そうです。まだ入ったばかりでいろいろと失礼があるかもしれませんが、その時は、おっしゃってください」

彼は照れ臭そうに微笑んだ。長めの前髪が、顔の前で揺れて、整った顔に影をつけていく。

それからの私は、アガってしまって、何をどう話したのか、なんて、全然覚えてはいなかった。ただ、私とは十歳も違うのね、と苦笑した時、彼が、

「そんな、離れているようには見えませんね」

と心から言ってくれたのが、すごく、うれしかった。いや、心から言っているように見せかけて、本当はお世辞なのかも、しれないのだけれど。

私や友達の隣りには、何人ものホストが入れ替わり立ち替わりやってきた。友達が指名した超人気のカリスマ君も、ほんの十五分ほど現われた。だけど、私の記憶には、ほとんど、残っていない。どのホスト達も、携帯番号をあっさりと教えてくれた。そして、私達の携帯電話のナンバーを聞きたがった。

私達は、けっして、教えなかった。

だって、人妻なのだから、夫のいるところでホストからの電話を受けるわけにもいかないからだ。

裏に手書きされた携帯電話の番号付きの名刺を十枚ほど手に入れて、私達は家に帰った。夫が帰るまでに、細かく破き、ゴミ箱に捨てなくては、と思ったのに、私は駿也の名刺だけは、捨てられなかった。まだ慣れていないようで、私と目が合うと、緊張したように身を固くする彼を見て、懐《なつ》かしいような愛《いと》おしいような、そんな気持ちになった自分がいた。

彼にまた、会いたい。

素直に、そう、思えた。

彼がホストでなくて、どこかですれ違った少年であったとしても、私はそう思ったに、違いない。私は自分のカンを信じて、翌日、そのナンバーにダイヤルしていた。

3

私は【予約席】の札が置かれた場所に案内されると、そこにゆったりと腰掛けた。

何度も通っているので、この真っ赤な椅子《いす》にも、豪華すぎる内装にも慣れてきてしまっている。

私は、専業主婦ではなかった。友達に頼まれて、時々雑誌や絵本などにイラストを描いていて、お小遣い程度の稼ぎはあったのだ。だから、月に一度か二度の夫の出張時、こっそり飲みに行くことくらいは、できるのである。

本当は夫さえいなければ、そして家事、という単調な労働さえなければ、私はもっともっとイラストの仕事をして、お金を稼ぎ、彼に貢いでしまっていたかも、しれない。

それほどに、ホストクラブは、魅力的なところだった。いや、駿也が、魅力的だったのだ。彼以外のホストでは、ここまで私を駆り立ててはいないだろう。

駿也に電話番号を教えたら、彼は、毎日こまめにかけてくるようになった。人妻よ、と打ち明けたので、夫がいない平日の昼間に、気を使って携帯を鳴らしてくれた。

「由佳《ゆか》さん、今度、ご飯、食べに行きましょうよ」

彼は何度もそう誘ってきた。私が、

「ご飯食べて、その後、お店に連れ込むつもり、なんでしょ？」

と意地悪く突っ込むと、

「バレました？」

とあっさり認め、受話器の向こうで笑っている。彼の白くて大きくて美しい歯がちらりと見えているのだろうな、と思うだけで、ときめく。

「すいません。俺、慣れてないんで、どうやって誘ったらいいか、わからないんです。だけど、うちの店、同伴出勤のノルマがあって、月に八回女性同伴で出勤できないと、罰金取られちゃうんですよ」

まだ新人なので、同伴してくれる客が少なくて……と彼がぼやいているので、私は驚いた。

「あなたみたいにカッコ良かったら、いくらだってお客がつくでしょう?」

「そんなことないですよ。俺、口下手なんで、お客さんがなかなか、ついてくれないんです。顔で気に入ってもらえても、二度三度と通ってくれるお客さんがいないんで、けっこう辛《つら》いんですよ……」

駿也はそう言って、店の給与システムを教えてくれた。完全歩合制で、指名客の売上の五〇パーセントが彼にバックされる仕組みなのだという。そのうえ、遅刻や同伴回数不足の時は、そのたびに五千円の罰金を取られる。指名が取れないホストは、生活できないので、辞めるしかない、という弱肉強食の世界なのだそうだ。

「俺たちは、お店のソファを借りて客を取ってる、個人事業主みたいなもんなんですよ。お客さんを喜ばせてなんぼ、の世界だから、事業主というより、芸人みたいなものかもしれないな」

十九の彼が、指名を取れず、苦しんでいる、と知って、私は自然に、助けてあげたい、と思っていた。だから自分から「月に二回くらいしか行けないけど、それでもいい？」と彼に尋ねていたのだ。

今日でもう、お店に来るのは、五回目である。駿也と外でご飯を食べて、お店で飲むと、三万円くらいが消えていく。昔はホストクラブというと、一回で数万円もかかったらしいが、最近は店が林立しているせいもあり、価格破壊が進んでいて、安いボトルもかなり置いてあるから、二万円くらいで朝まで飲めるようになったのだ、と駿也が言っていた。安くなったおかげで、私みたいにお小遣いが少ししかない人妻でも来れるようになれたのね、と言うと、

「でも、その分、俺らは売上に苦労してるんですよ。一人のお客さんが使うお金が減ったんで、その分お客さんの数も増やさなくちゃならないんで……」

と駿也は答えた。私は彼の稼ぎを頭の中で計算した。仮に一回二万円使う指名客が彼の出勤日に毎日来たとしたら、五十万円の売上だ。そうしたら彼の手取りは二十五万円になる。都心でひとり暮らしをしているのだから、それでも足りないくらいかもしれない。

何度も会うようになって分かってきたのだが、彼は店ではまだ本当にそんなに売れては

いなかった。指名の数も少ない。身につけているものもいつも同じものだった。靴はすり減っているし、スーツなんて、就職活動中の学生のような、紺色のものだけだ。ネクタイも一本しか持っていないから、友達のホスト君から借りて締めていたりすることもある。ホストと言えば、お客さんからの貢ぎ物の高級ブランドのライターや時計を持っているものだ、とどこかで聞いたことがあるのだが、彼は時計もしていなければ、百円ライターしか持っていないし、スーツのポケットからは、剝《む》きだしのメンソールのタバコの箱をガサッと出してくる。

(もうちょっと、何とかしてあげなくちゃ)

私の母性本能がウズウズと動き出していた。だから、会うたびに、プレゼント、と言って、彼に渡していた。それは、ヴィトンのシガレットケースだったり、フェンディのネクタイだったり、一万円もしない、大した額ではないものだった。彼が「プレゼントもらうなんて、初めて」と、おずおずとそれを受け取るたび、私の中で不思議な優越感が育っていっていた。

「ね……、今度はもうちょっと早く出て来れる？　もっとゆっくり由佳《ゆか》さんに会いたい」

今日渡したヴィトンの名刺入れを有り難そうに受け取りながら、駿也がそう言ってきた。

（ゆっくり、って……？）

まさか、エッチをするってこと？　だなんて、聞けるわけもなかったが、でも、ひょっとしたら、そういう、ことなのだろう。

彼が少し酔った瞳で、私を見つめてくる。大きな瞳で、物欲しそうに、私の胸元に視線を注いでいく。

私の左手の上に、彼の左手が添えられた。大きな彼の手が、私の手のひらをくるんでいく。彼を受け容《い》れるということは、夫を裏切るということだということは、頭ではわかっていた。だけど、私は、駿也が欲しかった。

女なら誰だって、自分好みの美少年と関係してみたい、という欲望を持っている。目の前にそういう男の子がいて、誘ってくれているのだ。三十の女体に自信があまりなかったが、断わったら一生後悔する気がした。

だから私は、彼の手を、ぎゅっ、と強く、握り返していた。

4

「私、人妻なのに……どうして誘ったの？」

彼は、ホテルの部屋でふたりきりになると、

「ごろごろしましょうよ」

と私をベッドに誘ってきた。こんな若い彼とふたりで俯《うつぶ》せに寝そべるなんて、それだけで、もう、私には恥ずかしすぎるくらい、恥ずかしいことだった。夫と結婚して、もう四年が経つが、浮気もせずにきたというのに。こんな十九の彼が、私の貞淑さをあっさりと奪い去ろうとしている。

「人妻と……したこと、ないから」

彼は正直にそう、答えた。ホストなんだから、もっと、嘘《うそ》でいいから、恋をしているフリをしてもいいのに。でも、そんな彼が可愛くて、私はそっと柔らかくて細い金の髪の間《わ》に指を入れた。ヨークシャーテリアの毛を撫でているかのように、愛くるしい感覚が湧く。彼は黙って私に撫でられ続けている。やがて、うっとりと瞳を閉じる。

長いまつ毛と、横一文字のきりりとした唇を見ているうちに、私はキスしたい、と欲情していた。彼は眠ってしまっているかのように、動かない。

「駿也くん……？」

声をかけても、全然、反応がない。私は彼の顔を覗き込んだ。どうして、目が開いていないのに、こんなに美少年なのだろう。つるんとした若い肌は、毎晩のように痛飲してい

ても、瑞々《みずみず》しい。彼のことが大切で、大切で、愛しい気持ちで胸をいっぱいにして、私はいつも彼の写真にしているように、口づける。

その途端、私の背中に駿也の手が回り、強く、抱き寄せられた。

「きゃッ、ひどい、起きてたのね？」

「うん、待ってた。絶対、由佳さん、キスしてくれると思ったから」

駿也は真っ直ぐ私を見た。そして、思い出したかのように、

「早く呼び出しちゃって、ごめんね。仕事、大丈夫？　だんなさんは平気？」

と尋ねてくる。

「大丈夫。仕事も、忙しいのは来週からだし」

「来週から忙しいんだ……頑張ってね」

さらッ、と彼は言うけれど、私はいつも、その言葉に励まされていた。そんなことを言ってくれるのは、彼が初めてだったのだ。夫はいつもいつも「俺の稼ぎだけで食えるんだから、仕事なんかやめちゃえよ」と、私が働くことに、明らかに不快感を持っていた。仕事の発注元に完成イラストを送っても「はい、ご苦労さま」としか言ってくれない。だけど、彼は「頑張って」と私にいつも、言ってくれていた。私が彼に会い続けているのは、応援してもらいたいからなのかもしれなかった。ただ顔が可愛いだけでは、たしか

に続かない。私は、彼の奥に潜《ひそ》む、思いやりのかけらに惚れ込んでいたのだ。稿画料の一部を貢いでほしいからそんなことを言っているのかもしれないけれど、それでもかまわなかった。私のやる気を引き出してくれることに、感謝していた。

「俺、由佳さん、好きだよ。夢を追って、努力している人って、好き」

彼はぎゅっと私を抱きしめた。十九歳のくせに、たいした包容力かも、と私は苦笑しながら、彼に抱きつき返す。嘘でもいい。十歳も上の私を好きだと言ってくれて嬉しかった。

二人で改めて見つめ合って、キスをする。彼の柔らかい舌が、私の歯を撫でる。もう、それだけで、声を出してしまう。

「あ……あ……」

そばにいてくれるだけでも充分なのに。これから彼とひとつになるなんて、本当なんだろうか。私は信じられなくて、彼を強く抱きしめた。彼が私を抱き返し、そして腰を擦《こす》りつけてくる。そこには固くなったモノが、あった。

「駿也クン、発情してるんだ」

「もちろん、してるよ～」

彼は頰をすりつけながら、ゆっくりと私の服を脱がしていく。つるんとしたポリエステルのワンピースは、あっけなくベッドの縁から滑《すべ》り落ちていく。

「恥ずかしい……」

本当に恥ずかしくて、私は夢中で彼にしがみついていた。今日抱かれるとわかっていたから、一番いいシルクのベージュの下着を付けてきたが、そんなもので飾ったところで、彼の若さと美しさには敵わない。抱かれている、というより、抱いてもらっている、という感じがして、彼に申し訳なく思ってしまう。

「俺、由佳さん、好きだよ」

気が引けている私に気づいたのだろうか、駿也が何度もそう囁きながら、私の脚をゆっくり、開いていく。

「好きでなくちゃ、俺、こんなこと、しない」

すでにぐっしょりと濡《ぬ》れている秘芯《ひしん》を、彼がじいっと見つめ、そして唇を寄せていく。

「あッ、あ、そんな……ダメッ、そんなッ」

まだシャワーも浴《あ》びていない、女臭を含んでいるであろう蜜壺を、彼がぴちゃぴちゃと、猫がミルクを啜《すす》るように舌で弾《はじ》いている。

「あぁぁ……ッ！　あぁッ、あああッ！」

大好きな駿也に舐《な》められている。それだけで頭が真っ白になっていく。たちまちイッてしまって、ますます恥ずかしい自分が、いる。

5

クンニのお返しに、と心を込めてしゃぶりついた彼の肉棒は、素晴らしい味だった。微《かす》かに汗の匂いが沁《し》みている男幹は、若さをいっぱいに漲《みなぎ》らせて、しっかりと固かった。彼をこんなにさせているのは、目の前にいる私なのだということがおそろしく光栄で、私は有り難く、彼の発情サインを頬張る。

「やっぱり、由佳さん、しゃぶるの、うまい」

ほぅ、とため息をついて、駿也は私を見下ろしている。いつも優しくしてくれるお礼に。いつも私の話を聞いてくれているお礼に。私は彼のおち○ち○を、強くこすりあげる。

「ありがと……ありがと」

駿也が私の唇からペニスを抜き、

「ね、もう、入れよう。俺、すごく入れたい」

と迫ってきた。先程から私が濡れ通しで、準備万端なのを、彼は知っている。だけどやっぱり恥ずかしくて、私はルームデスクの方まで走って逃げてしまった。

「やっぱり、ダメ。できない……」

「いまさら。何言ってんの」

彼が優しく後ろから、私を抱きしめる。デスクの縁に摑《つか》まっている私のヒップを持ち上げ、自分の股間へと宛《あて》がっていく。

「やだ、ダメ、そんな……」

夫への罪悪感ではない。彼と交《まじ》わることが、怖《こわ》かったのだ。なんだかとてつもなく気持ちいいことが、待っている気がしたからだ。

だけど、駿也は、私の悲鳴なんてお構いなしに、怒張している肉杭を、ずん、と打ち込んできた。

「あッ、ああ〜ッ!」

あまりの快感に、私は思わず後ろを振り向いて、彼に泣き顔を見せた。

「痛い?　由佳さん、痛いの?」

「違う、違うの、すっごく、イイの……」

私はぶるる、とヒップを震《ふる》わせた。彼が長いまつげの奥から、私を温かい眼で見下ろしている。彼のすらりとした長身の中心に生《は》えている固いペニスは、私の中に、すべて埋《う》め込まれている。

「柔らかくてあったかくて、由佳さんのおま◯こ、気持ちいい……」

「ああ……駿也クンのおち◯ち◯こそ……」

こんなに固くてゴリゴリしていて、すごいじゃないの。そんなことはとても言えなかったが、私はその代わりに、腰を前後に振った。

彼の皮膚が私の襞《ひだ》に、密着している。初めて彼を見た時から、ずっとずっとこうしてほしかったのだ。うれしくて、うれしくて、ずっと待っていたご主人様が帰ってきた子犬のように、私はくすんくすんと鼻を鳴らしながら、腰を揺らし続けていく。いつしか、彼の動きは停まり、私だけが、性器をすり合わせていっている。

「ああン、最高……最高……」

私はもう一度、彼を振り向いた。彼の顔が、苦しそうに歪《ゆが》んでいる。

「俺も……最高……」

そう漏《も》らしてくれた瞬間、私は、ああぁ、と呻《うめ》いた。女肉がひくんひくんと痙攣《けいれん》を始めたからだ。彼を締めつけ、そして、彼のエキスが欲しくて、私のアソコが蠢《うごめ》いていく。

「ああン、ああ、締まっちゃう～ッ！」

私は腰を小刻みに震わせながら、果てていった。駿也といると、すぐに高まってしまう。身体中からストレスというストレスが出ていくような、爽快な絶頂感がもっともっと欲しくて、私はなおも、ずい、とお尻を彼に突き出していた。

「俺……本当に由佳さんが好きだよ」

私の頭を撫でながら、彼が囁いてくる。今は、その言葉を信じたかった。ほんの一部分かもしれないけれど、彼の心の中には、本当に私のことを好いてくれている部分がある、と思いたかった。二人の心は繫《つな》がっていて、だからこそ身体が繫がるとあんなに気持ちがいいのだとも考えたかった。

「由佳さんはイラストっていう夢を追っててカッコいいよね」

俺にも夢があるんだ、いつかアメリカで牧場をやりたいんだ、と駿也はつぶやいた。

「でもそのためには、まず金を貯めなくちゃ。ホストとしてちゃんと稼げるようになりたい」

私は頷きながら、若い彼を応援したくなっていた。ほんの一瞬だけど、彼と大平原を一緒に馬に乗って駆けている自分を思い浮かべて幸福な気持ちになる。夫がいるのだから、そんなこと、実現不可能だ。だけど、夢くらい見る権利は、私にだって、ある。

「だけど今、スーツは一着しかないし、車も車検切れちゃってるのに乗ってるし、携帯料金払えないし。ほんと、金、なくて……」

ぼやいている彼を見ていると、私はもやもやしてきていた。喉《のど》からつるん、と私が面倒みてあげる、というセリフが出てきてしまいそうになる。でも、それも、いいかもしれない。イラストの仕事をもう少し増やし、綺麗な彼のために貢いでみようかな、という気にさせられている自分がいる。

いつの日か、また抱いてもらえる日のために、私はせっせと彼に注ぎ込む気がした。これが、ホストのテクニックなのかもしれない。でも、誰かに尽くしている自分はなんとなく健気《けなげ》だった。駿也が喜ぶことだったら、なんでもしてあげたかった。彼から離れられなくなっている現実を、私は秘かに喜んでいた。

派遣社員の情事

北沢拓也

著者・北沢《きたざわ》拓也《たくや》

一九四〇年、東京生まれ。中央大学卒業後、出版社などに勤務の後、小説雑誌などに官能小説を発表。いまや官能小説の第一人者として圧倒的な支持を集めている。描写は大胆かつ繊細。官能描写の迫力は、他の追随を許さない。著作は常にベストセラーとなっている。

1

「少し緊張しちゃうわ、大銀行のエリート男性との情事なんて」

大富《おおとみ》不動産国内企画部の丹羽香織《にわかおり》は、シャワーを使い終えて身体にバスタオルを巻きつけ、灯《あか》りの点《つ》いたベッドルームに戻ってくると、窓辺に立ち、レースのカーテンを小さくあけて窓の先に展《ひろ》がる夜景の眺めに見入りつつ、ベッドの中の倉橋《くらはし》に含み笑いを乗せた声を投げてきた。

「そんなに緊張することもないだろう。きみが情事馴《な》れしていることは知っている」

倉橋圭介《けいすけ》は、先にシャワーを使った裸の身体をベッドに横たえ、下半身は掛け布で覆《おお》い隠し、煙草を喫《す》いながら、窓辺に立っている丹羽香織のふっくらとバスタオルを盛り上げているお尻のまろみに視線を投げて言った。

「情事馴れしているって、どういうこと？」

丹羽香織が、シャギーの髪に包まれた凛々《りり》しく整った小さな顔を、ベッドの中の倉橋に向けてきた。

「きみが大富の男性社員の何人かと遊びまわっていることは、ぼくの耳にも入っているよ」

「やりまくっているということ？」

丹羽香織が、上品で涼《すず》やかな容色に反して、露骨《ろこつ》なことを言った。

「やりまくっているんだろう？」

「そんな……、やりまくっているなんて、誰が言ったんですか？　失礼しちゃう」

笑って言いながら、丹羽香織は夜景が臨《のぞ》める窓に二重にカーテンを降ろすと、ベッドの左横に歩みかけてきて、理知的に輝くぱっちりとした瞳《ひとみ》に、めずらしくなまめかしい光を微笑《わら》いとともに灯《とも》した。

「少し明るすぎません？」

「明るいのはいやか？」

「恥ずかしいですよ、最初の情事のときから。倉橋さんとおつきあいを重ねていれば、明るくてもいいけど」

丹羽香織が、口唇から清潔そうな皓《しろ》い歯を覗かせて、含羞《はにか》み微笑《わら》った。

鼻筋の通った小作りの白い顔は凜々《りり》しく涼やかだが、厚みのあるふっくらとした唇が官能的で、男の欲情をそそる。

四谷《よつや》にある大富不動産の本社ビルからタクシーで二、三十分の、西新宿の高層ホテルの一室であった。

「きみはさっき、俺のことを大銀行のエリート男性だと言ったが、たしかに桜桃《おうとう》銀行から出向してきたにはちがいないが、出向してきてもう三カ月だ。大富不動産の社風にも馴れたしね、もう正社員のようなものさ」

倉橋は、喫《す》っていた煙草をベッドの枕許の脇のナイトテーブルの上の灰皿に揉《も》み消し、ついでに裸の上半身をベッドの中から伸ばすと、照明装置を指で操作して、ベッドルームの灯りをベッドの周《まわ》りだけの小さな灯りに切り替えた。

明るかったベッドルームが暗くなり、ベッドの上だけに仄《ほの》かな灯りが這《は》うと、丹羽香織は中背のスタイルのいい肢体《したい》からバスタオルを取り払い、全裸になって毛布を捲《まく》り、色白のなめらかに輝くスレンダーな裸体を倉橋の左隣りにやわらかくすべりこませてきた。

倉橋は、丹羽香織のほうへと身体の向きを変え、国内企画部の二十六歳の女性社員を横抱きにすると、唇を合わせて、相手の裸体を仰向けに寝かせた。

丹羽香織の身体は、適度に肉が締まってどこもかもすべすべとした張りがあり、乳房もほどよい弾力を秘めて釣《つ》り鐘《がね》型に豊かに実っていた。

倉橋が左の乳房に右手を添えて、そのたわわな実りの感触を指で愛《め》でるように揉みしだき、相手の口の中に舌を差し入れると、丹羽香織は身をくねらせ、感じ入ったように鼻腔をふるわせて喘《あえ》ぎながら、自分もやわらかな舌をくりだし、男の舌に絡めて吸わせはじめた。

倉橋は、女の舌をくりかえし吸っておいて、接吻を解き、上体を起こすと、二人の下半身を覆っている毛布をベッドの裾《すそ》側に大きく捲りどけた。

「わたし、倉橋課長に誘われるなんて思ってもみなかったわ。わたしは光栄だけど」

「きみは美人で、仕事も有能だと聞いたし、男遊びのほうも結構、積極的だと聞いたよ。そういう女性には、ことのほか興味があるんでね」

倉橋は、丹羽香織のたわわに実った白い乳房のひとつに唇を被せ、尖端《せんたん》の桜色の実を啄《ついば》みながら言った。

「また、そんなこと言って」

乳首の実をころがす倉橋の唇と舌の動きに身体をくねらせて、丹羽香織がくすぐったそうな笑い声を洩らすと、

「全然遊んでいないと言ったら嘘《うそ》になるけど、そんなにやりまくってはいないもん」

男の頭髪を左の手で撫でながら、顔を起こした倉橋の表情を窺い見るような眼になった。

「職場の何人かの男性と、日替わりで寝ている、って聞いたがな」

「そんな情報をどこから仕入れたんですか？」

「そいつは企業秘密だ」

倉橋は、丹羽香織の右の腕を左の手でつかむと、彼女の顔の右側に押し上げるように薙《な》ぎ伏せて、女の右の腋窩《えきか》を小さな灯りの下に曝《さら》した。

腋毛《わきげ》を始末したばかりなのか、丹羽香織の腋の窪《くぼ》みはいくぶん蒼《あお》白い。

その蒼白い女の腋窩に、倉橋はねっとりと舌を這わせる。

「いやんっ、くすぐったい」

丹羽香織が、顔をしかめて低く笑い声をたてた。

倉橋は、丹羽香織の左の乳房の尖端の実を右手の指でくりくりと弄《いら》いたててやる。

「いやんっ」

感じやすい体質なのか、丹羽香織はしかめた顔を横に背《そむ》けながらも、身体をひくひくとふるわせ、背を反らせた。

倉橋は、右手を丹羽香織の下腹にすべらせ、彼女のふさふさと繁った性毛の繁りをかきあげ、右手の指をかきあげた黒い繁みの奥へとすべりこませる。

ゆるみひらいた秘肉の合わせ目をくつろげひらき、内側の双《ふた》ひらの女唇《にょしん》を揉みたてるように指でこすりたてる。

「いやーんっ、倉橋さん、いやらしいっ」

丹羽香織は、男の指の動きを詰《なじ》りながらも、感じ入ったように浮かせた腰をぴくぴくと打ちふるわせた。

「おや、濡れてる」

丹羽香織の複雑に襞《ひだ》が連《つら》なる狭間には、ぬるぬるしたうるみが湧《わ》きたっていた。

「……濡れやすいのよ、わたし」

丹羽香織が、顔を横に背《そむ》けたまま羞《は》じらい微笑《わら》った。

「ここに、職場の男のちんちんを何本、銜《くわ》え込んだんだ？」

倉橋の問いかけに、丹羽香織が淫らっぽい笑い声をたてて、双の脚を八の字にひらいたまま顔を正面に戻し、

「言わないと、駄目？」

理知的な眼をうるみに光らせ、甘えるような顔つきで倉橋の表情を探る。

「きみがどんな奴と寝ているか、知りたいんだ。誰にも言わんからさ」

「言っちゃ、いやあよ」

「ああ、言わん。言わんから、教えてくれ」

「一人は、同じ部署の遠山《とおやま》部長。もう一人は営業の近藤《こんどう》くん……」

「なんだ、たったの二人だけか」

「そうよ。だから言ったじゃない。そんなにやってはいないって」

「遠山部長には奥さんもいるだろう？　不倫じゃないか」

「不倫だったら、いけない？」

丹羽香織が、悪戯《いたずら》っぽい眼で倉橋の顔を窺《うかが》う。

「いや、別にかまわんが……、ところで、ひとつ訊《き》くが、きみは国内企画部にいた天宮《あまみや》課長と寝たか？」

「天宮課長って、昨年、自殺した？」

「そうだ。去年の十一月、大富不動産の本社ビルの屋上から身を投げた、天宮くんだ。彼と寝たか？」

「寝るわけないじゃない。天宮課長って、倉橋さんの銀行の天宮常務のご子息だって聞いたし、甘い感じの二枚目だったから、国内企画部だけじゃなくほかの部署の女の子たちにも人気があって、わたしも一度くらい寝てもいいなとは思っていたけど、わたしは誘われなかったわ。でも、どうして、亡くなった天宮課長のことなんか訊くの？」

「ちょっと調べたいことがあってね。いや、きみが天宮くんと関係がなければいいんだ」

倉橋は、蜜《みつ》のようなうるみがひろがりはじめた丹羽香織の秘部の狭間を抉《えぐ》るように捏《こ》

ね、

「あぁっ」

丹羽香織が顔を右に左にと傾《かし》げて喘ぎはじめると、彼女の莢《さや》から飛び出した上端の肉の実を、指の腹でいたぶるようにころがした。

「あぁっ、それっ」

丹羽香織が、背を深くのけぞらせた。

「感じるか？」

「感じるわ」

「上の、このぷっくりとふくらんだところだろう？」

「そう、そこ……、クリト、リス」

「遠山部長は、どうだ？」

「どうって？」

「脹《はり》は激しいか？」

「あまり……、もう五十を過ぎているでしょう。硬くならないときがあるの」

「おま……こするとき？」

倉橋の淫らな口調に、顔を横に背けて左手の指を唇に添えていた丹羽香織が、男の顔のほうに面を向けると、笑いを怺《こら》えるような含羞みの表情で頷きかけてみせた。

「でも、気が遠くなるほど舐めてくれるの」

「それじゃあ、俺も舐めてあげよう」

倉橋は、丹羽香織の唇を吸っておいて、上体を起こした。

2

身悶えを打ってくねる丹羽香織の曲線に富んだ白い身体の右脇に跪《ひざまず》きの姿勢をとって、倉橋は頭を逆向きに沈めた。

「ああーんっ」

両手を女のひらかれた絖《ぬめ》白い双の腿《もも》に添え、顔面を沈めた倉橋の舌が、葡萄《ぶどう》色にぬらぬらと光る狭間《はざま》に躍りかかると、丹羽香織は持ち上げた腰をふるわせて、泣くような声をあげた。

上端の朱色に光る肉の実に、倉橋は舌を絡めてやり、右手の中指を秘口からくぐり込ませつつ、丹羽香織の飴《あめ》色の外陰唇を観察した。

自殺した天宮邦弘《くにひろ》がつきあっていた大富不動産の女性社員の外側の陰唇のどちらかに

は、小さな黒子《ほくろ》が三つ並んでいると聞いているからだ。

丹羽香織の楕円状にひろがった外側の陰唇のそのどちらにも、黒子は見当たらなかった。

丹羽香織が、天宮邦弘から誘われなかったと言ったのは、本当のことらしい。

倉橋はそれがわかると、丹羽香織との肉の快楽をとことん愉《たの》しむことにした。

くぐり込ませた中指で、丹羽香織のぬめりをたたえて空洞になった内奥を攪拌《かくはん》してやり、そうしながら、彼女のふくらみ勃《た》った肉芽《にくが》を舌でころがしては吸いたてた。

「ああっ、だめっ、いっちゃうっ」

丹羽香織の持ち上がった腰が、癖でもついたように弾《はず》みをたて、上半身が肋《あばら》を浮かせて突っ張るように彎曲《わんきょく》に反り返った。

倉橋が指を抜き出すと、一度、達したらしい丹羽香織が、ぽっかりとひらいた桜色の秘口をひくひくと収縮させ、乳色の子宮液をとろりとあふれさせた。

「イッたのか?」

顔を上げて倉橋が問いかけると、丹羽香織は白い蛇《へび》のように身体をくねらせ、ひらいた瞳にとろめくような光をにじませて、眩《まぶ》しそうに倉橋の顔を見つめてから、

「倉橋さん、すごいんですもの。いっちゃったわ」

きまり悪そうに微笑《わら》いかけてみせた。

丹羽香織の右の手は、いつか倉橋の隆々《りゅうりゅう》と滾《たぎ》った股間のものを握り込んでいた。

「どうだ、俺のもの？」

倉橋は、正常に戻した五体を改めて丹羽香織の裸体の右隣りに横たえながら、眼を閉じた女の表情を窺《うかが》う。

丹羽香織の小作りの顔が微笑いにほころんで、

「……大きい。こんな大きいの、初めてよ」

引き攣《つ》った声音とともに、開いた小鼻から興奮の鼻息が洩れた。

「口を使ってくれたら、もっとびんびんになるぞ」

倉橋の囁《ささや》きかけに、丹羽香織は眼を開けてなまめかしく微笑いかけながら頭をもたげ、双つの乳房をたわわに弾みゆらして、上半身を起こした。

倉橋は、仰向けになる。

仰臥《ぎょうが》した男の腰の左側に丹羽香織は跪《ひざまず》き、シャギーの髪をかきあげると、髪をかきあげた右手で野太くそそり勃《た》った倉橋のものをつかみ、怒張の、小さな灯りを浴びて薄紫色に光る先端部のふくらみに口唇を被せてきた。

倉橋は、先端部のふくらみをすっぽりと含みこまれ、丹羽香織の頬張った唇許《くちもと》が深くすべり降りてくると、思わず息が弾んだ。

深々と倉橋のものを頬張った丹羽香織が、唇許を浅く深くすべらせながら、ぬめらかな舌を鰓《えら》の裏側に遊ばせてみたり、大きな飴玉でもねぶり味わうように、舌を絡めて吸いたてたりするからだ。

倉橋は、丹羽香織の巻きつけられる舌の温《ぬく》みや唇許の動きに息遣いを弾ませ、腰をゆすりたてていた。

女の口の中で、倉橋のものが筋張って棍棒のように硬く滾《たぎ》った。

丹羽香織が、ゆっくりと口唇を退けていき、唾液でぬらぬらと光らせたものを唇の間から解放すると、

「長くて、すごいわ」

長大に勃起した倉橋の赤黒いそれを眺めて、呟《つぶや》きかけ、唾を呑んだ。

「何が長くてすごいんだ?」

「倉橋さんの、おちんちん」

桜色に上気させた顔に羞《は》じらいの笑みをひろげて、丹羽香織が、

「我慢できなくなったわ」

言いにくそうに言うと、上体を起こす倉橋の左側にぬめらかな白い肢体を仰向けに投げ

出して、倉橋に向かって両手を差し出した。

「入れたいのか？」

上体を起こした倉橋の問いかけに、丹羽香織が妖《あや》しい瞳の色で男の顔を見つめて、なまめかしく微笑って頷きかける。

「入れて、と言って欲しいな」

「……入れて」

「何を？」

覆い被さる男の首に真っ白い双の腕を巻いて、丹羽香織が、

「倉橋さんの、おちんちんを欲しいの」

挑むような眼差しで倉橋の顔を見つめた。

「おま……こしてって言ってごらんよ」

「いやん」

倉橋の淫らな言葉遊びに、丹羽香織はさすがに顔を横にして羞恥の表情を浮かび上がらせたが、倉橋に貫かれると、

「ああっ、すごいっ、硬くて、すごいっ」

卵の尖端のような形のいい白い頤《おとがい》を反《そ》り返らせ、甲高《かんだか》い悦の声をあげた。

倉橋は、深く腰を送り込んでおいて、突き埋めたものを意地悪く引き上げにかかる。

「あっ、いやっ、抜いちゃあ、いやだっ」

背をのけぞらせ、両手で男の首にしがみついたまま、丹羽香織が露骨なことを言った。

「何をしたいか言わんと、このままやめてしまうぞ」

「いやっ、お願い」

丹羽香織が、嫌々《いやいや》するようにかぶりを振って、卑猥《ひわい》な言葉をふるえを帯びた声で口にした。

「そんなにしたいのか、ん？」

羞恥と興奮に眼を閉じた顔をしかめきって頷きかける丹羽香織を、倉橋は改めて貫いてやる。

「ああーっ」

「これがしたかったんだろう？」

丹羽香織が、頭をのけぞらせながら、

「倉橋さんと、やりたかったの」

熱に浮かされたような口ぶりで狂おしく猥語を口にし、倉橋に深く突き穿《うが》たれるたびに、だらしのない声をあげ、淫奔《いんぽん》な牝になった。

倉橋は、抜き挿《さ》しの動きのみならず、腰を大きく横に振ってやった。

「ああっ、すごい、大きくて、すごいっ、倉橋さんから離れられなくなっちゃう」

「いま、何をしているんだ、ん？」

「倉橋さんと、やってるの」

「何を？」

丹羽香織が、どん底の言葉で倉橋の問いかけに答え、

「いっちゃいそうっ」

泣くような声で叫んだ。

倉橋は、ざくざくと激しい突き穿ちを重ねてやった。

「駄目、いっちゃうっ」

引き攣《つ》った声をあげ、丹羽香織が裸身を突っ張らせ、熱病患者のようにぶるぶると打ちふるわせた。

倉橋も、股の間から駆け昇ってくる痺《しび》れに、放射を怺《こら》えきれなくなってきた。

丹羽香織が泣きじゃくりながら、持ち上げた腰をゆすぶり回すからだ。

倉橋は、大きく腰を振り、丹羽香織の泣きじゃくりの声にも刺激され、喚《おめ》きをあげると、おのが脈打ちはじめたものを引き上げ、どくどくと吐精していた。

果てたあと、倉橋が身体を横にずらして、やわらかくなった女の身体から離れると、洟《はな》を啜《すす》りあげていた丹羽香織が汗の匂いを噴きあげて、仰臥した男の身体に抱きついてきた。

「奥を突かれたとき、二回もいっちゃったわ。倉橋さん、すごいんだもの」

頰を紅潮させたまま、丹羽香織がきまり悪そうに男の顔を覗き込んで、悪戯《いたずら》っぽく微笑いかけてくる。

「よかったか？」

男の問いかけに頷きかけた丹羽香織が、倉橋の左の乳首を口の外に出した舌で舐めまわした。

「そんなことをすると、また勃《た》ってくるぞ」

「ふふっ、倉橋さんて、元気。また抱いてくれるの？」

「シャワーを使ってきたらいい。もう一発、しようじゃないか」

倉橋の言葉に、丹羽香織がしっとりと汗に光る白い上半身をもたげて淫らな笑い声を洩らすと、頷きかけてベッドを降り、尻の小山をやわらかくゆらして、バスルームに入っていった。

丹羽香織が浴室に消えてしまうと、倉橋は銜《くわ》えた煙草に火を点《つ》け、ベッドの上で煙草を

喫《す》いながら、

（天宮常務の息子さんを自殺に追い込んだ女は、いったい誰なんだ……？）

胸の中で呟きかけた。

3

桜桃銀行本店取引先係長の倉橋圭介が、突然、常務の天宮龍太郎《りゆうたろう》に呼び出されたのは、二〇〇〇年に入った今年の新年早々であった。

「急な人事だが、きみには三月から大富不動産に行ってもらう」

今年六十一になった天宮龍太郎は、倉橋を常務室の自分の執務机の前に呼び立てると、血色のいい頬の肉をゆるめもせず、無表情にそう言った。

「大富不動産というと、二年前からうちの管理下に入った、あの大富ですか？」

「そうだ。あそこには、うちから何人もの有能な人物が天下《あまくだ》りしている。専務の岩谷《いわたに》さんも、財務部長の稲垣《いながき》くんも、うちからの天下り組だ。向こうへ行っても、きみにはやりやすいと思うが」

いずれは副頭取のポストを約束されている天宮龍太郎が、革張りの椅子の背凭《もた》れに深く背を預けて言った。

「出向ということですか？」

「そのまま島流しというわけではないでしょうね？　大富に出向して、またこちらに戻ってきたらいい」

天宮龍太郎は、初めて頬をゆるめ、

「わたしを信用してもらうしかない。娘の由梨《ゆり》にきみが近づいていることは知っておるが、娘から切り離すためにきみを大富に飛ばすような、そんな了見《りょうけん》の狭い男ではないよ、わたしは」

象のように小さな眼に微笑いをたたえて、吐き出すように言った。

「大富の総務課長の席が空《あ》いている。向こうへ行ったら、総務部の課長席に座ってくれたらいい」

「……総務部に出向して、わたしは何をすればいいんで？」

倉橋が口をつぐんでいると、本店の常務は言葉を継いだ。

「仕事はしなくていい」

天宮龍太郎が、意外なことを言った。

首を傾げる倉橋を、常務の天宮は表情を引き締めて見つめると、口を開いた。

「大富に入社させていた由梨の兄が、昨年、自殺をしたのは、きみも知っているだろう？」

「はあ、それとなく……」

「わたしには、邦弘がなぜ大富の本社ビルの屋上から飛び降りたのか、さっぱりわからん。確かに邦弘は、きみとちがって出来の悪い息子だったが、自殺をするようなタイプでもないんだ。遺書が残されていたので、警察は自殺扱いにしたが、わたしにはどうも解《げ》せん」

天宮龍太郎は、そこまでしゃべると立ち上がって窓辺に行き、両手を腰の後ろで組んだ。

「大富に出向して、息子の死の原因を突き止めてもらいたい。それが、きみを出向させる真の目的だ」

「なぜ、わたしを、そんな役に……？」

「きみは、うちの女子行員にもてるからな。邦弘も、大富の女性社員たちにもてたようだが、邦弘の女関係を洗うには、きみのような女に手が早く、しかも女性を誘惑する術《すべ》を心得ているものでないとならん。いや、皮肉を言っているのではない。きみに白羽《しらは》の矢を立てたのは、邦弘が関わっていた大富の女性社員たちから何かをつかむには、きみのような人間が最も相応《ふさわ》しいと思うからだ」

「息子さんの死の原因は、女性関係にあるとおっしゃるのですか？」

「邦弘が自殺する三、四カ月前のことだったかな。邦弘を誘って二人で食事をしたことがある。その食事の席で、あいつは、今つきあっている女性がいると言っていた。どんな女性だ、とわたしが訊くと、大富の女性社員で、大陰唇に黒子《ほくろ》が三つある、と、あいつはへらへら笑いながら言っていた……。わたしもその時はそれ以上のことを邦弘に訊こうともしなかったが、いま思えば、その女の名前くらい訊いておくべきだったと悔《く》やんでいるが」

「常務は、その女性がご子息の自殺に深く関わっているのではないかと？」

「そういうことだ。息子の死の原因を突き止めて本店に戻ってきたときには、きみを課長……いや、次長に推挙しよう。これは約束してもいい」

丹羽香織が使うシャワーの音を聞きながら、ベッドの上で煙草の煙りを吐き出す倉橋の耳に、五カ月前の天宮龍太郎常務の声がまだ残っていた。

（人事部の堀江美季《ほりえみき》をもう一度抱いて、彼女からまた情報をもらうしかないか……）

倉橋が思い巡らしたとき、シャワーを使い終えた丹羽香織が、身体の前にバスタオルを当ててベッドルームに戻ってきた。

美しく上品な顔にどこか照れたような微笑いをなまめかしく浮かべて、丹羽香織がベッドの裾側に回ってくると、バスタオルを払い捨てて、小作りの顔を桜色に上気させつつ、倉橋の足許のほうからベッドに上がってきた。

「自殺した天宮くんだが、彼がつきあっていた女性を知らんか？」

「さあ、国内企画部の女の子《こ》のなかには知っている娘もいるかもしれないから、聞いておいてあげてもいいけど」

下肢《かし》をひらく倉橋のその肢《あし》の間に跪いて、丹羽香織が半硬直の男のものを左の手でつかむと、先端部のふくらみに真上から唇を被せてきた。

「ぜひ、頼む。俺の調査に協力してくれるとありがたい」

「時々でいいから、香織を抱いてくれる？」

「もちろんだ」

丹羽香織が、倉橋のものを含み直すと、今度は深く男のそれを頬張った。

唇でしごかれ、吸いたてられるうちに、倉橋のものが木のように硬くなる。

硬い肉がきしむような音が、肉根の幹《みき》の部分をしごく丹羽香織の唇からたち、ぬめらかな舌が鰓《えら》の裏側をすべりはじめると、倉橋は浮かせた腰をゆすりたてていた。

倉橋が上体を起こしにかかると、丹羽香織は含み込んでいたものを口唇から解放し、面

を上げて、

「倉橋さんは、寝ていて。わたしが上になるわ」

瞳をうるませて悪戯っぽく言い、身体を起こすと、髪をかきあげながら男の腰の上を跨《また》いだ。

男の身体の上で、力士が仕切《しき》りに入るときのような恰好をとった丹羽香織が、倉橋のそそり勃《た》った肉柱を右手でつかむと、自身の黒い繁みの奥へと導きこむ。

倉橋は、丹羽香織のぬめらかな体奥に下方から呑み込まれ、低い呻《うめ》きをあげた。

腰を深く引き下ろした丹羽香織が、呑み込んだ倉橋のものをひくひくと締めつけにかかるからだ。

倉橋は、伸ばした両手を女のふっくらとまろみを帯びた腰回りに添えて、下からぐいぐいと突き上げにかかった。

「ああんっ、すごい」

丹羽香織が両手を男の腹の上に置き、嬌声《きょうせい》を発して快感に顔を歪《ゆが》め、自らも腰を躍動させる。

来年で四十になる倉橋は、一度、果てているので長く保ち、深い突き上げをくりかえした。

「ああんっ、いいっ、いっちゃう」

泣くような声を口からたてて、丹羽香織がシャギーの髪を乱し振ると、腰を激しくゆすぶり振った。

4

次の日、桜桃銀行から出向してきて三ヵ月になる倉橋圭介は、東京四谷の大富不動産本社総務部に出社すると、タイムカードを押して課長席に腰を降ろし、女子社員が出してくれた茶を飲むと、じきに腰を上げた。

同じフロアの人事部を覗き、堀江美季を廊下に呼び出した。

堀江美季は、まだ独身の二十九歳だが、人事部に長くいるので、社内の人間関係に詳しかった。

腰付きのすらっとした上背《うわぜい》のある美人で、倉橋に誘われ、一度、身体の関係ができると、堀江美季は倉橋圭介の長大な男根や、そのベッドテクに夢中になった。

いまでは、倉橋の情報係のような存在であった。

白のブラウスに淡いピンクのベストとタイトのスカートを着《つ》けた堀江美季が廊下に出て

くると、倉橋は背のすらりとした女の都会的な肢体に目をやって、顎をしゃくり、堀江美季をひと気のない廊下の端の階段の踊り場のところまで連れていった。

「国内企画部の丹羽香織は、どうでした？」

倉橋の前に立った堀江美季が、シャープに整った美しい顔にうっすらと笑みを浮かべて、倉橋圭介の表情を探るようにして訊く。

切れ長の澄《す》んだ瞳に悪戯っぽい微笑《わら》いが煌《きら》めいているのは、倉橋が丹羽香織を誘惑したのを知っていて、それを許しているからである。

「丹羽香織は、自殺した天宮邦弘とは身体の関係はなかったようだ」

「そう。彼女、てっきり天宮課長とあったと思っていたけど」

「それはそうと、今夜、どうだ？」

「わたしはいいけど、倉橋さん、いろいろと予定が詰《つ》まっているんじゃなくて？」

堀江美季が、なまめかしい瞳の色で倉橋の表情を探った。

「いや、今夜は空《あ》いている。いつものところで六時にどうだ？」

「いいわよ。じゃあ、六時に」

倉橋は、廊下の先に目をやって、人の気配がないのを確かめると、堀江美季のなめらかな白い頬にちゅとひとつキスをしておいて、踵《きびす》を返すと、自分の部署のほうへと戻っていった。

堀江美季との退社後の待ち合わせ場所は、赤坂の大きなホテルのロビー奥のコーヒーラウンジと、いつも決まっている。

コーヒーラウンジで待ち合わせ、倉橋が借りた部屋に二人で上がる。

ベッドでお互いをむさぼりあったあと、ホテル内のレストランでワインを飲みながら食事をする。

倉橋もまだ独《ひと》り身なので、帰りの時間を気にかけることもない。

倉橋がフロントで部屋を借りる手続きを済ませ、先にコーヒーラウンジに入って待っていると、人事部勤務の堀江美季が、通勤着の紺のスーツに着替えて、ラウンジに現れた。

深く括《くび》れたウエストから腰回りにかけてのまろみを帯びたラインが素晴らしく、タイトのスカートから伸びたきれいな長い脚も、堀江美季の魅力のひとつであった。

胸も腰も、むしろ小ぶりのほうだが、そのほっそりとした肢体はなかなかに感度がいい。

面映《おもは》ゆそうに微笑みかけながら、堀江美季が小さなテーブルをはさんで腰を降ろしてくると、倉橋は、

「行こうか」

向かい合った堀江美季のほうに上体を寄せた。

「いいわよ」

堀江美季が眼に微笑《わら》いをゆらし、倉橋の顔を見つめて頷きかけてみせる。

「部屋に上がってゆっくりするほうがいいだろう？」

「そうね」

羞《は》じらい微笑《わら》って応じる女の化粧に映《は》える目鼻立ちのはっきりとした顔を見つめておいて、倉橋は伝票を取り上げると、腰を上げた。

堀江美季も取り澄ました表情を作ってバッグをとると、椅子に沈めたばかりの腰を浮かせて立ち上がる。

ラウンジのレジを済ませ、倉橋は堀江美季とエレベーターで借りた客室に上がり、灯《あか》りの点《つ》いたベッドルームの窓にカーテンを降ろすと、部屋履きのスリッパに履き替えている堀江美季に、

「先に身体を洗ってきていいよ」

シャワーを勧《すす》めてやった。

頷きかけた堀江美季が、紺のスーツを脱ぎ、パンティーストッキングをすらりと伸びた長い脚から抜き取ると、黒のビスチェと水色のショーツになって、セミロングの髪を両手

で肩の後ろに払い上げ、
「先にシャワー、いただいてくるわ」
明るく倉橋に声をかけると、バスルームに消えてゆく。
倉橋が、トランクスひとつになって窓べりのソファに腰を降ろし、煙草を喫っている
と、堀江美季が素肌に浴衣《ゆかた》を着けて、ベッドルームに戻ってきた。
「自殺した天宮くんだが、ほかの部署の娘《こ》に手をつけていたということもあるだろう
……」
「それは考えられるわよ。天宮課長は、桜桃銀行の常務の息子さんで、育ちもいいし、三
十半ばで独身だったでしょう。それに甘い二枚目だし、国内企画部以外の部署の女性たち
も当然、騒いだはずよ」
堀江美季が、ベッドカバーと掛け布をベッドの上からはぐりどけ、ベッドシーツの上に
移ると、浴衣ひとつの肢体を仰向けに近い恰好で横たえ、
「シャワーを使う前に、一度、満足させてくださる？」
身体をくねらせながら、言いにくそうに倉橋に向かって訴えかけた。
「きみのほうから求めてくるとは、めずらしいじゃないか」
倉橋は、喫っていた煙草を卓子《たくし》の灰皿に揉み消して、長椅子から立ち上がった。

「濡れているのかい？」

ベッドルームの灯りを仄明《ほの》るく絞り、倉橋はベッドの右横に進んだ。

「……少し」

ベッドの上で堀江美季が身をくねらせると、含羞《はにか》み微笑《わら》って呟きかけ、

「倉橋さんが丹羽香織と抱き合っているのを想像したら、むらむらしてしまって……」

うるんだ眼差しで男の顔を見つめて、弱々しい口ぶりになった。

「妬《や》いているのか？」

「そうじゃないの。倉橋さんの逞《たくま》しいものが、ほかの娘のあそこにぶっすりと入ると思うと、身体が熱くなってむらむらしてきちゃう。わたしって、変態なのかしら」

堀江美季が、ベッドの上で浴衣に包んだ肢体をくねくねと蠢《うごめ》かす。

「ちょっぴり変態かもしれんぞ」

「いやだ、意地悪ねえ」

なめらかな白い顔を赤らめて羞恥の笑い声を洩らす堀江美季に強い刺激を覚え、倉橋は肢からトランクスを抜き取ると、隆々と勃起した赤黒い股間のものを堀江美季に見せつけるようにして、ベッドに上がった。

「俺のこれが欲しかったのだろう？」

ベッドの枕許に蹲《うずくま》り、いきり勃《た》ったものを見せつける倉橋の言葉に、堀江美季が身悶えを打って頷きかけると、左の手でつかんだ倉橋の怒張を自身の唇許へと引き寄せて、口の外に出した舌で男の野太くふくらんだ鰓《えら》の裏側をねっとりと掃《は》き上げた。

怒張の鰓の裏側をくりかえし舌で掃き上げられると、倉橋は腰をふるわせて呻き、女の手でつかまれているものをさらに漲《みなぎ》らせる。

男の鰓の周りに舌をすべり這わせたあと、堀江美季が顔をしかめながら、倉橋のそれをすっぽりと口に含み込んだ。

頰張って舌を絡めつつ、吸引する。

倉橋は低く呻き、伸ばした右手で女の浴衣の腰紐《ひも》を解き、浴衣の前をはだけると、白く光る堀江美季のお椀《わん》型の乳房のひとつを揉みしだきにかかる。

「丹羽香織にも、しゃぶらせたのでしょう？」

横にした身体をくねらせて、堀江美季が妖《あや》しい瞳の色で倉橋の顔を見上げた。

「ああ、上手にしゃぶってくれたよ。おいしい、おいしいと言ってさ」

「ふふっ、いやらしい」

倉橋がベッドの上に全裸の身体を横たえると、堀江美季は上半身を起こして浴衣を脱ぎ捨て、クリーム色に輝く裸身を倉橋の左側にくまなく曝《さら》し、跪《ひざまず》きの姿勢をとって、男の腰の上に頭を沈めた。

堀江美季は、倉橋のものを味わうようにねぶりたてておいて、倉橋圭介が仰向けになるといったん面《おもて》を上げ、髪をかきあげておいて、右手の指を男の肉柱に添え、改めて指を添えたものを頰張った。

木のような硬度をたたえた倉橋のものを唾液が弾ける音をたててねぶりたて、堀江美季が左の手指で男の睾丸《ふぐり》の裏側をさすりたてる。

滾《たぎ》り勃った倉橋のものに鋭い猛《たけ》りが加わると、堀江美季は口唇から男のそれをつるりと吐き出し、赤らめた顔に羞《は》じらいの微笑いを浮かべて、男の左側に艶《つや》やかな白い身体を仰向け、

「入れて……」

鼻息を弾ませ、含羞《はにか》みの声音になった。

「ぶち込む前に、どのくらい濡れているか調べてやろう」

倉橋は上体をもたげ、顔を横に背けた堀江美季の耳を唇でくすぐりながら、彼女の薄めの繁みを右手でかきあげた。

倉橋の舌が耳の中を舐めると、堀江美季は、

「……はうう」

感じ入った引き声を洩らし、全裸の身体をひくひくとふるわせて、大きく股をひらいた。

倉橋は、右手の指で堀江美季の秘部をまさぐる。

堀江美季は、秘部の合わせ目をほころびたようにひらき、狭間にぬらぬらとうるみを湧きたたせていた。

上端の突起も、小指の先ほどに屹立《きつりつ》させている。

倉橋は、欲情のうるみをひろげた堀江美季の狭間を、練り上げるように捏《こ》ねてやったあと、彼女の屹立した肉芽《にくが》を指の腹でころがしてやる。

「ああっ、おかしくなるわ」

「オナニーはするんだろう？」

「しちゃうわ」

「いつした？」

「昨夜……、倉橋さんのあれを思い出すと、クリトリスが熱くなってくるの」

「ここが？」

倉橋は、小指の先ほどにふくらんだ堀江美季の敏感な肉芽を、指の先に力をこめて、弄《いら》いころがす。

「ああっ」

堀江美季が引き攣《つ》った声を放ち、腰を跳ね上げて激しく身悶えた。

倉橋は、堀江美季の左の乳房の尖端の実を口に含んで吸いたててやり、彼女の左の腕を持ち上げさせ、顔の左側にくの字に押さえつけると、二十九歳の女のすっきりとした左の腋窩《えきか》に舌をすべらせる。

「ふむう……ああっ」

堀江美季が荒ぶった喘ぎを洩らし、右手でつかんだ倉橋のいきり勃《た》ったものを激しくしごいた。

「独《ひと》りで愉《たの》しむときは、指は入れるのか？」

「深く入れたりはしないけど、入れちゃうこともあるわ」

「じゃあ、俺も入れてやろう」

倉橋は、右手の人差指を秘口からくぐり込ませ、堀江美季の内奥の天井部分をくぐり込ませた指で捏《こ》ねるようにこすりたててやる。

「ああ――っ」

なまめかしい声をあげて、堀江美季が上半身を彎曲にのけぞらせた。

堀江美季の内奥の天井部分には、畔《あぜ》のように細長い盛り上がりが何本も走っていて、倉橋にその部分を刺激されると、彼女は官能的な声を張り上げて乱れる。

倉橋は、右手の中指も人差指と一緒にくぐり込ませ、堀江美季の隧道《ずいどう》のような部分を激しく攪拌してやる。

「ああっ、だめっ、もう許して、おかしくなっちゃう」

セミロングの髪と一緒に、堀江美季の悦楽に歪んだ顔が振子のように右に左にと打ち振られた。

都会的に肉の締まった細身の身体が、引き攣《つ》るような打ちふるえを起こし、内奥の深みから熱いうるおいが流れ出し、倉橋の二指《にし》を暖かく濡らす。

倉橋は、うるみにまみれた二指をぐるぐると回した。

「……いくっ」

堀江美季が、顔を後ろに反り返らせ、引き絞りの声で極《きわ》まりを口にした。

堀江美季が達したとわかると、倉橋は埋《うず》め込ませていた二指を引き上げ、ひくひくと腰をふるわせる堀江美季の絖《ぬめ》白い身体に覆い被さった。

覆い被さって唇をむさぼり吸ってやると、堀江美季は舌をくりだし、深いディープキスをせがむ。

倉橋は、堀江美季と舌の絡めあいをたっぷりと愉しんだあと、唇を外して、

「欲しいんだろう、俺のものを?」

女の陶酔《とうすい》に歪む顔を上から打ち眺めて、問いかける。

堀江美季が、眼を閉じたまま頷きかけをくりかえした。

「……指でされるのも好きだけど、倉橋さんのおちんちんで深くいきたい」

熱に浮かされたように訴えかける堀江美季を、倉橋は力強く貫いてやった。

「あぁーっ、いいっ」

倉橋の滾《たぎ》り猛《たけ》ったものが深々とすべりこむと、堀江美季は咽《むせ》ぶような喘ぎをあげ、両手でしっかりと男の背を抱きしめ、双の脚を倉橋の腰に蟹《かに》挟みに巻きつけて頭を深く後ろにのけぞり返らせた——。

初出誌

「見られたがり」	館　淳一	月刊「小説NON」二〇〇〇年三月号
「淫《みだ》ら指」	牧村　僚	月刊「小説NON」一九九九年八月号
「お節介なオートフォーカス」	長谷一樹	月刊「小説NON」一九九九年五月号
「巨乳淫視」	北山悦史	月刊「小説NON」一九九九年二月号
「蜜色の周期」	北原双治	月刊「小説NON」二〇〇〇年一月号
「義娘の指」	東山　都	月刊「小説NON」一九九九年九月号
「盗聴された女」	子母澤　類	月刊「小説NON」一九九九年八月号
「つけこまれる女」	みなみまき	月刊「小説NON」一九九九年三月号
「貢《みつ》ぎたい女」	内藤みか	書下ろし
「派遣社員の情事」	北沢拓也	月刊「小説NON」二〇〇〇年六月号

一〇〇字書評

切り取り線

購買動機（新聞、雑誌名を記入するか、あるいは○をつけてください）

- □（　　　　　　　　　　　）の広告を見て
- □（　　　　　　　　　　　）の書評を見て
- □ 知人のすすめで
- □ タイトルに惹かれて
- □ カバーがよかったから
- □ 内容が面白そうだから
- □ 好きな作家だから
- □ 好きな分野の本だから

●本書で最も面白かった作品をお書きください

●あなたのお好きな作家名をお書きください

●その他、ご要望がありましたらお書きください

住所	〒				
氏名		職業		年齢	
Eメール	※携帯には配信できません	新刊情報等のメール配信を希望する・しない			

あなたにお願い

この本をお読みになって、どんな感想をお持ちでしょうか。

この「一〇〇字書評」とアンケートを私までいただけたらありがたく存じます。今後の企画の参考にさせていただきます。

あなたの「一〇〇字書評」は新聞・雑誌などを通じて紹介させていただくことがあります。そして、その場合はお礼として、特製図書カードを差しあげます。

前ページの原稿用紙に書評をお書きのうえ、このページを切り取り、左記へお送りください。電子メールでもお受けいたします。なお、メールの場合は書名を明記してください。

〒一〇一－八七〇一
東京都千代田区神田神保町三－六－五
九段尚学ビル　祥伝社
祥伝社文庫編集長　加藤　淳
☎〇三（三二六五）二〇八〇
bunko@shodensha.co.jp

祥伝社文庫

上質のエンターテインメントを！　珠玉のエスプリを！

祥伝社文庫は創刊15周年を迎える2000年を機に、ここに新たな宣言をいたします。いつの世にも変わらない価値観、つまり「豊かな心」「深い知恵」「大きな楽しみ」に満ちた作品を厳選し、次代を拓く書下ろし作品を大胆に起用し、読者の皆様の心に響く文庫を目指します。どうぞご意見、ご希望を編集部までお寄せくださるよう、お願いいたします。

2000年1月1日　　祥伝社文庫編集部

秘戯《ひぎ》　官能アンソロジー

平成12年6月20日　初版第1刷発行
平成16年3月5日　　第7刷発行

著者　館《たて》 淳一《じゆんいち》・牧村《まきむら》 僚《りよう》
長谷《はせ》一樹《かずき》・北山《きたやま》悦史《えつし》
北原《きたはら》双治《そうじ》・東山《ひがしやま》 都《みやこ》
子母澤《しもざわ》 類《るい》・みなみまき
内藤《ないとう》みか・北沢《きたざわ》拓也《たくや》

発行者　渡辺起知夫
発行所　祥《しよう》 伝《でん》 社《しや》
東京都千代田区神田神保町3-6-5
九段尚学ビル　〒101-8701
☎ 03(3265)2081(販売部)
☎ 03(3265)2080(編集部)
☎ 03(3265)3622(業務部)
印刷所　図書印刷
製本所　図書印刷

ISBN4-396-32775-7 C0193
祥伝社のホームページ・http://www.shodensha.co.jp/